함메르페스트로 가는 길

SEOUL, 2006

카를라에게

함메르페스트로 가는 길

초판 제1쇄 발행일 2006년 9월 29일
초판 제5쇄 발행일 2018년 11월 20일
지은이 마르야레나 렘브케 옮긴이 김영진
발행인 이원주 발행처 (주)시공사
주소 서울시 서초구 사임당로 82
전화 영업 2046-2800 편집 2046-2821~4
인터넷 홈페이지 www.sigongsa.com

ISBN 978-89-527-4740-2 43850
ISBN 978-89-527-5572-8 (세트)

*홈페이지 회원으로 가입하시면 다양한 혜택이 주어집니다.
*잘못 만들어진 책은 구입하신 서점에서 바꾸어 드립니다.

함메르페스트로 가는 길

마르야레나 렘브케 지음 | 김영진 옮김

시공사

차례

납 덩어리의 예언

아빠가 소리쳤다.

"이건 자동차야!"

그러자 엄마가 한마디 했다.

"새 차는 아닐 거예요. 우린 여태껏 새 차를 사 본 적도 없잖아요. 앞으로도 그럴 거고요. 그러니 당신이 뭐라고 믿든 상관없어요."

할머니가 중얼거렸다.

"그게 차라면 장거리 여행을 뜻하는 것이겠구나."

아빠가 물었다.

"그거 말고 뭐 다른 뜻은 없을까요?"

할머니가 대답했다.

"그러지 말고 이리 좀 내놔 봐. 그럼 그게 뭔지 내가 말해 줄 테니."

그것은 납이 만들어 낸, 정확히 뭐라고 정의 내릴 수 없는 애매모호한 형태의 덩어리였다. 그 덩어리는 이리저리 돌려 가며 어느 정도 거리를 유지하고 벽에 비춰 보아야 비교적 뚜렷한 그림자가 생기면서 그것이 어떤 물체인지 또는 어떤 형태인지 알아볼 수 있었다. 물론 그렇게 하는 데도 엄청난 상상력이 필요했다. 다행히 우리 가족은 모두 상상력이 풍부했다. 하지만 우리들의 점쟁이자 예언가는 뭐니 뭐니 해도 무모 할머니였다. 할머니는 늘 과거를 아는 사람만이 미래를 들여다볼 수 있다고 했는데, 그렇다면 할머니만큼 그 역할에 딱 들어맞는 사람도 없었다.

12월 31일이었다. 우리는 해마다 늘 그랬던 것처럼 납물 붓기를 했다. 녹인 납을 국자로 단숨에, 하지만 너무 빠르지는 않게 찬물이 담긴 양동이에 붓는 것은 그리 쉬운 일이 아니었다. 납은 작은 알갱이들로 흩어져 버리기 일쑤였다. 그럴 경우 할머니는 수많은 납 알갱이 가운데에서 어떤 것이 다음 해에 가장 중요한 사건이 될지 예언해 주었다.

오스카리와 투오모의 미래는 언제나 완두콩 아니면 시침 핀 크기의 반짝반짝 빛나는 알갱이들로 이루어져 있었다. 둘 다 아직 어려서 국자를 한 번에 요령 있게 비우지 못하는 탓이었다. 마티 오빠는 여러 가지 해석을 만들어 내려고 납물을 일부러 천천히 부었다. 셋째 남동생 페카는 녹인 납이 언제나 국자 가득 담겨 있어야 했다. 납이 많아야 둥근 구슬을 만들 수 있다고 믿었기 때문이다.

나는 눈을 꼭 감고 소원을 빌면서 아주 빠르게 납물을 부었다.

엄마는 녹인 납이 찬물에 들어가기에 가장 알맞은 순간을 기다린다며 늘 꾸물거렸다.

할머니는 납물을 붓지 않았다.

"난 이제 미래 따위는 관심 없다. 내가 뭐 이 나이에 결혼을 할 것도 아니고, 애를 낳을 것도 아니고, 돈을 벌고 성공을 거둘 것도 아니니까. 기껏해야 언제 죽을지나 아는 건데, 그건 알고 싶지 않단 말이야!"

납물을 가장 잘 붓는 사람은 아빠였다. 아빠가 부은 납물은 늘 덩어리로 뭉치면서 알아볼 마음만 있으면 알아볼 수 있는 어떤 모양을 만들어 냈다.

올해 아빠가 부어 낸 납 덩어리가 자동차 같다는 말에 우리는 아빠의 새해 운수를 놓고 유난히 오랫동안 이러쿵저러쿵 하고 있던 참이었다.

이제 할머니는 예언가로서 어려운 과제를 눈앞에 두고 있었다. 할머니는 아빠의 납 덩어리를 손에 쥐고 거꾸로 들었다 옆으로 뉘었다 하며 벽에 여러 가지 그림자를 만들어 내고 있었다.

엄마가 소리쳤다.

"여자요!"

페카도 한마디 했다.

"천사요!"

나도 거들었다.

"임신한 여자!"

엄마가 중얼거렸다.

"난 아니야."

드디어 할머니가 입을 열었다.

"이건 차가 틀림없구나."

아빠가 만족한 웃음을 지었다.

"거 봐!"

그러자 할머니가 덧붙였다.

"하지만 그냥 평범한 자동차가 아니라, 썰매나 아니면……."

아빠가 손사래를 쳤다.

"차는 다 차예요. 그리고 이건 여행을 의미하는 게 분명해요. 그러니까 전 여행을 할 거예요!"

마티 오빠가 웃으면서 물었다.

"납물이 그러라고 했다고 정말 여행을 떠나신단 말이에

요? 이게 임신한 여자였다면 아무나 임신시키셨을 거예요?"

페카도 질문을 던졌다.

"할머니가 죽음을 봤다면 그럼 아빠는 죽는 거예요?"

아빠가 대답했다.

"당연히 아니지. 난 삶을 사랑한단 말이야. 납 덩어리 따위가 나더러 얼마나 더 살라고 이래라저래라 하지는 못해. 하지만 여행은 정말로 몇 년 전부터 계획하고 있었단 말이야."

내가 물었다.

"어디로요?"

"함메르페스트(노르웨이 북서부 핀바르크 주에 있는 항구도시 : 옮긴이). 함메르페스트하고 집에도 가 볼 거야. 내 고향 말이야. 고향에 가 본 지가 얼마나 오래됐는지 모르겠다."

아빠는 설레는 일이 있을 때마다 늘 그러는 것처럼 양 볼이 발개졌다. 아빠의 눈은 벌써 여행을 떠난 사람처럼 빛났다. 아빠는 납물이 아빠에게 꿈을 이루라고 말해 준 것에 대해 어린애처럼 기뻐했다.

아빠는 여름휴가를 받으면 떠날 생각이었다.

우리는 계속해서 한 해의 마지막 날을 축하했다. 카르다몸(생강과의 식물로 향료로 쓰임 : 옮긴이) 케이크를 먹고 '글러기'라고 하는 더운 포도주를 마셨다. 우리 집 글러기는 어린

애들도 마실 수 있도록 알코올을 넣지 않고 만든 거였다. 자정이 되자 우리는 서로를 껴안으며 새해 인사를 나눴다.

할머니가 말했다.

"우리 집은 불행이 찾아오려야 찾아올 수가 없어. 우리 집에는 행운을 가져다주는 사람이 있으니까."

굴뚝 청소부로 일하는 마티 오빠를 두고 하는 말이었다. 하지만 우리 집 행운의 마스코트는 우리를 떠나고 싶어 했다. 오빠는 스웨덴으로 이민 가려고 돈을 모으고 있었다. 나는 오빠가 뱃삯을 낼 만큼 충분한 돈을 모을 수 있을까 싶었다. 부모님이 늘 돈에 쪼들렸기 때문에 마티 오빠는 자기가 버는 돈 대부분을 생활비로 보태고 있었다. 그러나 마티 오빠는 낙천적이었고 하루라도 빨리 이민을 가려고 닦달하지 않았다. 어차피 오빠는 이제 겨우 열일곱 살이었으니까.

나는 몇 주만 지나면 열다섯 살이 되었다. 그리고 늘 그랬던 것처럼 또다시 사랑에 빠져 있었다. 나는 납물이 내 사랑에 응답이 있을 거라는 확신을 주길 바랐다. 하지만 내가 사랑에 빠진 아이는 벌써 열여덟 살이었고, 새해 운수가 어떻게 나오든 내 사랑이 성공을 거둘 확률은 아주 적었다. 나는 그저 꿈이나 꾸며 이룰 수 없는 사랑에 대한 시를 쓰곤 했다.

엄마는 그거야말로 내가 할 수 있는 가장 좋은 일이라고 했다.

"시는 지금 네가 가진 애틋한 감정이 사라진 뒤에도 오래오래 남는단다."

"제 감정은 사라지지 않을 거예요! 전 그 애를 영원히 사랑할 거예요. 제 평생 동안요."

엄마가 웃으면서 대답했다.

"그래, 막지 않을 테니까 잘해 보렴. 하지만 너도 두고 보면 알 거야."

내 일기장은 그 애와의 우연한 또는 우연을 가장한 만남에 대한 글로 채워졌다. 그 애 이름은 페르 에릭이었다. 하지만 일기장에는 'P.E.'라고만 썼다. 나는 그 애와의 마주친 상황을 하나도 빠뜨리지 않고 모두 기록했다.

P.E.를 시내에서 봤다. 그 애는 심각한 표정으로 나를 쳐다보았다. 어쩌면 나에 대해 무슨 생각을 했는지도 모른다. P.E.는 어떤 여자와 아이스크림 집에 있었다. 꽤 나이가 든 여자였다. 스무 살쯤 돼 보였다. P.E.는 나를 보지 못한 것처럼 행동했다. 비르기트는 P.E.가 안짱다리라고 한다. 내가 보기엔 절대 아니다. 설사 그렇다고 해도 나는 다리 따위에는 관심도 없다. P.E.는 얼굴이

독특하다. 번뇌하는 듯한 표정이다. 괴로운 어린 시절을 겪은 걸까? 궁금하다. 뭔가 비극적인 일이 있었음에 틀림없다. 그런 까닭에 나는 그 애를 사랑한다. 언젠가 그 애는 내게 모든 것을 이야기하리라. 내가 그 애를 도와줄 수 있기를 바란다.

그 애도 분명 시를 쓸 것 같다. 그토록 고통스러워하는 사람은 글을 써야만 한다.

P.E.는 여자 친구가 있다. 하지만 나는 P.E.가 그 여자를 평생 사랑하리라고는 믿지 않는다!

나는 시와 일기를 쓰면서 내 사랑을 꿈꿨고, 아빠는 특별한 경우에 쓰려고 돈을 모아 둔 양철통을 열어 그 안에 든 종이돈을 세면서 함메르페스트 여행을 꿈꿨다. 나는 학교에서 수업 시간이 끝나기만을 기다렸다. 학교가 끝나면 시내에서 페르 에릭을 만날지도 모른다는 한 가닥 희망이 있었기 때문이다.

용접공으로 일하는 아빠는 내게 이런 말을 했다.

"공장에서 용접을 할 때마다 여행 생각을 안 할 수가 없지. 여행에 대한 설렘이 내 가슴을 세차게 두드린단다."

나는 고개를 끄덕였다. 아빠의 말이 이해가 됐다. 하지만 내 관심을 끄는 것은 함메르페스트가 아니라 거리나 시내,

아이스크림 집, 영화관처럼 그 안짱다리 남자 애를 만나 우수에 찬 그 눈빛을 볼 수 있는 장소였다.

나랑 가장 친한 친구 비르기트는 이런 말을 했다.

"걔가 슬퍼 보인다는 건 다 네 상상이야. 슬픈 건 걔가 아니라 바로 너야. 걔랑 친구가 되지 못해서 네가 슬픈 거라고. 그 애는 아주 평범해. 아니, 심지어 약간 멍청해 보이기까지 해. 굳이 내 생각을 묻는다면 말이야."

하지만 나는 비르기트의 생각을 묻지 않았다. 그 누구의 의견도 묻지 않았다. 누가 누구를 사랑하는 감정을 다른 사람들이 알 리 없었다.

나는 내가 느끼는 감정을 글로 적었다. 아빠도 뭔가를 썼다. 아빠는 부엌에 앉아 편지지에 뭔가를 한가득 썼다가 꼬깃꼬깃 구겨서 화덕 속에 던져 버렸다. 그러고는 새 종이를 집어서 또다시 뭔가를 쓰기 시작했다. 세 번째 종이마저 불쏘시개가 되어 버렸을 때 내가 물었다.

"아빠도 시를 쓰시는 거예요?"

"그것보다 훨씬 더 어려운 거란다. 너무 어려워서 아무래도 그만둬야겠다."

아빠는 그렇게 말하고는 편지지를 들고 자리에서 일어섰다.

나는 뭐가 그렇게 어렵냐고 묻지 않았다. 아빠가 쓰려던 것이 혹시 함메르페스트 여행과 관련이 있는 게 아닐까 하는 생각이 들었다.

아빠의 눈빛에서 아빠가 얼마나 자주 여행 생각을 하는지 읽을 수 있었다. 아빠는 눈앞에 있는 것을 제대로 보지 못하는 것 같았다. 아빠의 눈은 먼 곳을 향하고 있었다.

초대

아빠와 내가 꿈을 꾸는 동안 겨울이 지나고 햇살이 다시 따스해졌다. 눈이 녹고, 철새들도 하나 둘 돌아오기 시작했다.

독일 축구팀이 우리 도시를 방문했다.

내 친구 키르스티의 아빠는 스포츠 클럽 회장이었다. 그래서 그 애 아빠가 독일에서 온 손님들을 돌보았다. 키르스티는 학교에서 젊은 축구 선수들 이야기를 늘어놓았다. 독일 선수들은 스포츠를 좋아하는 가정에 몇 명씩 나뉘어 묵고 있었다.

우리 집은 아빠가 스포츠를 별로 좋아하지 않았고, 손님을 재울 만한 방도 없었다. 하지만 아빠도 신문에서 축구에 대한 기사를 읽은 모양이었다.

아빠가 말했다.

"우리야 독일한테는 상대도 안 되지."

나는 축구에는 아무런 관심도 없었다. 하지만 페르 에릭은 우리 도시 대표 선수였는데, 그리 뛰어난 선수는 아니었다. 적어도 비르기트의 말을 빌리자면 그랬다.

나는 축구 선수들이 시합 때 어떤 바보 같은 실수를 저지를 수 있는지도 모르면서 행여나 페르 에릭이 독일과 벌이는 경기에서 실수를 해 웃음거리가 될까 봐 벌써부터 마음을 졸였다. 사실 나는 축구가 바보짓 같았다. 다 큰 어른들이 공이나 졸졸 쫓아다니며 논다는 것이 도무지 이해가 되지 않았다. 하지만 축구에는 내가 모르는 뭔가가 있는 모양이었다. 그렇지 않으면 페르 에릭 같은 애가 선수로 뛸 리 없었다.

독일과의 시합이 벌어지기 전, 나는 비르기트와 함께 키르스티네 집에 놀러 갔다. 낯선 젊은이 세 명이 키르스티네 거실에 앉아 있었다.

키르스티가 독일어로 우리를 소개했다.

"내 친구 비르기트하고 레나예요."

젊은이들은 자리에서 일어서더니 손을 내밀며 자기들 이름을 말했다. 헤르베르트, 하인츠, 발터였다. 우리는 악수를 한 뒤 각자 자리에 앉았다.

키르스티가 물었다.

"괜찮게들 생겼지, 안 그래?"

비르기트와 나는 약간 당황하며 세 사람의 얼굴을 훑은 뒤 고개를 끄덕였다. 핀란드 어를 전혀 하지 못하는 헤르베르트, 하인츠, 발터 역시 우리가 알아듣지 못하는 독일어로 자기들끼리 뭐라고 하더니 웃음을 터뜨렸다. 우리도 따라 웃었다.

하인츠가 물었다.

"송별 파티 때 오실래요?"

우리는 그 질문은 알아들었다. 그리고 하인츠가 존댓말을 썼다는 것도! 우리는 겨우 열다섯 살이었기 때문에 크게 감동받지 않을 수 없었다. 지금껏 우리한테 존댓말을 쓰는 사람은 아무도 없었다.

하지만 우리는 뭐라고 대답할 수가 없었다. 비르기트와 나는 송별 파티에 대해 아는 것이 전혀 없었기 때문이다.

그때 키르스티의 아빠가 거실로 들어왔다. 키르스티의 아빠도 하인츠가 던진 질문을 들었는지 우리에게 다시 물었다.

"그래, 너희들도 올래? 온다면야 대환영이지. 우리 독일 친구들도 기꺼이 너희들이랑 춤추고 싶어 할 거야."

나는 우리 팀의 페르 에릭을 놔두고 상대 팀 선수들과 춤을 춰도 좋을지 확신이 서지 않았다. 하지만 파티에 가면 페르 에릭을 볼 수 있는 기회가 생겼다. 어쩌면 그 애와 춤을 출 수 있을지도 몰랐다. 그러나 어차피 가지 못할 게 뻔했다. 내게는 파티 때 입고 갈 옷이 단 한 벌도 없었다.

내가 말했다.

"전 허락을 받지 못할 것 같아요. 아빠가 허락하지 않으실 거예요. 아빠는 제가 춤추러 가기에는 너무 어리다고 생각하실 테니까요."

키르스티의 아빠가 말했다.

"내가 너희 아빠도 초대하마. 그러면 자기도 즐기고 딸도 감시할 수 있으니까 그야말로 꿩 먹고 알 먹고지."

내가 대답했다.

"아빠가 찬성하실 리 없어요. 해가 서쪽에서 뜨게요?"

아빠는 찬성했다. 심지어 기뻐하기까지 했다. 엄마는 절대 가지 않겠다고 했다.

"난 옷이 없어."

아빠가 말했다.

"하여튼 여자들이란! 늘 발가벗고 다녀야 하는 사람처럼 군단 말이야."

"당신이야 양복이 있잖아요."

"그 양복은 우리 결혼식 때 입었던 거야. 난 세례식이든, 결혼식이든, 장례식이든 늘 그거 한 벌로 충분했어. 그러니 축구 파티 때도 그거만 있으면 돼."

하지만 내 옷장에는 파티에 입고 갈 만한 옷이 없었다. 어차피 옷장에는 옷도 별로 없었을뿐더러, 그나마 단 한 벌 있는 원피스는 이제 너무 작았다.

엄마가 말했다.

"지금 너한테 새 옷을 사 줄 형편이 안 되는구나. 비르기트한테 한 벌 빌리면 어떻겠니?"

"비르기트는 저보다 작단 말이에요. 걔 옷은 저한테 안 맞아요. 게다가 비르기트도 파티에 가는 걸요. 어떤 여자 애가 자기도 참석하는 파티에 가라며 자기가 가진 가장 예쁜 옷을 다른 여자 애한테 빌려 주겠어요? 아무리 착한 비르기트라도 그렇게는 하지 않을 거예요."

"그렇다면 키르스티한테 남는 원피스가 있는지 물어보렴."

"키르스티는 저보다 10센티미터는 더 커요. 몸통도 최소한 10센티미터는 더 굵고요."

엄마가 한숨을 쉬며 말했다.

"꼭 그렇게 네 치수에 맞는 옷을 입어야겠니? 그럼 학교 갈 때 입는 치마에, 블라우스 하나만 얼른 만들면 어떨까?"

"치마랑 블라우스를 입으면 꼭 여학생 같아 보여서 싫어요!"

"너야 당연히 여학생이지!"

"아프리카에선 제 나이에 애를 낳는 여자들도 많아요."

"그럴지도 모르지. 하지만 여긴 아프리카가 아니잖니?"

그때 마티 오빠가 끼어들었다.

"여기가 아프리카처럼 더우면 지푸라기로 치마를 만들어서 입으면 될 텐데. 그럼 너 되게 매력적으로 보일걸?"

나는 마티 오빠 옆으로 다가가 앉은 뒤 오빠의 어깨에 팔을 둘렀다. 오빠는 몸을 조금 뒤로 빼며 미심쩍은 눈으로 나를 쳐다보았다. 내가 다정하게 굴면 오빠는 언제나 최악의 경우를 생각했다. 눈물 아니면 부탁, 아니면 둘 다였으니까.

내가 오빠를 불렀다.

"마티 오빠아아아아!"

"뭐야?"

"오빠아아아!"

"안 돼!"

"꼭 갚을게!"

"어떻게?"

"내가 돈 벌면!"

"언제 벌 건데?"

"여름에!"

"어디서?"

"그건 아직 몰라."

"모른다고? 그럴 줄 알았어. 일자리도 구하지 못했으면서."

"오빠, 난 파티에 꼭 가고 싶어."

"가면 되잖아."

"하지만 사람들 눈에 띄고 싶지는 않아. 허름하게 입어서 사람들이 모두 날 쳐다보는 게 싫단 말이야."

"바보 같은 소리! 허름한 옷차림 때문에 널 쳐다볼 사람은 아무도 없어. 넌 예쁘게 보이고 싶은 거야. 다들 널 쳐다봐 줬음 하는 거라고. 그래서 새 원피스도 사 입고 싶은 거고. 아니면 춤이라도 출 생각이야? 넌 축구 선수들한테는 너무 어린데? 그건 다 갖다 버리는 돈이야. 난 간신히 눈곱만큼 돈을 모았어. 그건 건드리고 싶지 않아. 내 미래를 위해 저축한 거란 말이야. 그 돈을 하룻밤 유흥비로 쓰고 싶진 않아."

"그래, 맞아."

나는 한숨을 쉬며 말을 이었다.

"그런 질문을 한 것 자체가 너무 이기적이었어."

마티 오빠의 목소리가 불안해졌다.

"무, 물어볼 수야 있지, 뭘 그래? 물어보는 거야 돈도 안 드는데."

나는 미안해하는 마티 오빠를 바라보았다. 사실은 마티 오빠에게 양심의 가책을 느끼게 하려고 일부러 한숨을 내쉰 거였다.

저녁 식사 때 내가 아빠한테 말했다.

"저, 파티에 가지 않기로 했어요."

아빠가 대답했다.

"그래, 그것도 나쁠 것 없지. 나도 지금은 네게 새 원피스를 사 줄 형편이 못 되니까. 함메르페스트에 가려고 모아 둔 돈은 절대 건드릴 수 없어. 대신 우리 공장에 네가 여름에 일할 만한 자리가 있는지 알아봐 주마."

나는 아주 짤막하게 인사했다.

"고맙습니다."

침대에 누워 가난한 소녀로 태어난 내 운명에 대해 생각하고 있을 때 마티 오빠가 들어왔다.

"내가 생각을 좀 해 봤는데, 여름에 어차피 너도 돈을 벌 거니까…… 그리고 내가 뭐 스웨덴을 지금 당장 갈 것도 아니고…… 또 이 도시에서 파티가 많이 열리는 것도 아니고 하니까…… 독일 남자 애들이랑 춤을 출 수 있는 기회가 있을 때…… 그러니까 내 말은……."

"마티 오빠!"

나는 소리를 지르며 침대에서 벌떡 일어나 오빠를 와락 끌어안았다.

오빠가 단단히 일렀다.

"하지만 빌려 주는 거야!"

오빠는 내가 좋아하는 것을 보더니 환하게 웃으며 방을 나갔다. 나는 다시 침대에 누웠다. 그리고 고요한 정적 속에서 나처럼 허영기 넘치는 여동생에게 자신의 마지막 동전까지 톡톡 털어 주는 오빠를 낳아 준 부모님에게 감사드리며, 조만간 꼭 다 갚으리라 다짐했다. 올여름, 내 인생 최초로 돈을 벌면!

새 원피스를 고르는 일은 고통스런 기쁨이었다. 고통스러운 이유는 마티 오빠가 저금한 돈이 정말로 조금밖에 되지 않은 탓에 선택의 폭도 그만큼 좁을 수밖에 없었기 때문이다. 하지만 옷을 고를 수 있다는 것만으로도 큰 기쁨이었다. 나는 비르기트와 키르스티를 데리고 갔다.

비르기트는 아주 단순한 디자인을 좋아했다. 내가 유니폼처럼 보이는, 아무 장식도 없는 감색 원피스를 집어 들자 비르기트는 고개를 끄덕이며 말했다.

"단색에, 그냥 깔끔하게 아무것도 없는 게 가장 예뻐."

내가 물었다.

"그럼 네 원피스는 왜 작은 장미 무늬에 깃에는 레이스까지 달렸니?"

"그거야 우리 엄마가 샀으니까 그렇지."

비르기트가 웃음을 터뜨렸다.

우리는 다른 가게로 갔고 키르스티는 나더러 그 집에 있는 빨간색 주름 원피스를 사라고 했다.

"이걸 입으면 눈에 띌 거야!"

나는 고개를 저었다.

우리는 또다시 이 가게, 저 가게를 옮겨 다녔다. 어차피 가게는 그리 많지 않았다. 마지막 가게에서 마침내 내 원피스를 찾았다.

위는 몸에 꼭 맞고, 치마는 넓게 퍼진 노란색 원피스였다. 폭이 넓고 우단으로 된 검은색 허리띠도 달려 있었다. 송별회 날 저녁에 신을 검정 구두는 비르기트한테 한 켤레 빌리면 됐다.

나는 비르기트와 키르스티를 바라보며 자랑스럽게 말했다.

"이거야말로 단순하지만 사람들 눈에 확 띌 거야."

식구들이 새 원피스를 보더니 감탄사를 내뱉었다. 아빠가 말했다.

"야, 드디어 모든 사람들 앞에서 내 딸을 자랑할 수 있는 기회가 생겼는걸. 파티에서 우리 딸보다 더 예쁜 아가씨는 없을 거야! 아무렴, 있을 수가 없지. 예쁜 것도 한계가 있는 법이니까."

할머니가 아빠의 말을 받았다.

"딸에 대한 자부심이 또다시 넘쳐흐르는구먼. 너무 그렇게 띄우지 말게. 그랬다간 첫 번째 춤부터 발부리에 걸려 넘어질 테니까."

내가 할머니를 안심시켰다.

"걱정 마세요, 할머니. 지금 아빠는 제 얘기가 아니라 옷 얘기를 하고 있다는 것쯤은 저도 알아요. 그리고 이 옷을 산 것은 마티 오빠 덕분이에요. 오빠는 이 도시에서 가장 마음씨 좋은 굴뚝 청소부일 거예요. 우리 집 행운의 마스코트요!"

마티 오빠가 매우 즐거워하며 말했다.

"계속 띄워 봐! 하지만 그런다고 빚이 청산되는 건 아니란 걸 잊지 마!"

파티

아빠와 나는 축구 시합을 보러 가지 않았다. 아빠는 자동차를 고쳐야 했고, 나 또한 할 일이 태산 같았기 때문이다. 머리를 두 번씩이나 감아야 했고, 앞머리도 잘라야 했고, 다섯 번씩이나 거울 앞에 서서 앞모습은 물론이요, 좌우로 옆모습을 비춰 보는 데도 시간이 많이 걸렸다.

내 모습을 사방에서 요리조리 뜯어보며 놀라워하는 일이 끝나자 부엌의 긴 의자에 앉아 아빠를 기다렸다. 나는 검은색 구두를 더럽힐까 봐 마당에 나가지 못했고, 머리를 헝클어뜨릴까 봐 책도 읽지 못했다. 나는 책을 읽을 때마다 손가락으로 머리카락을 돌돌 마는 버릇이 있었다.

나는 인형처럼 꼼짝 않고 의자에 앉아 있었다.

할머니가 설거지를 하면서 물었다.

"여기 이 그릇들 좀 닦아 줄래?"

나는 고개를 저었다.

할머니가 비꼬는 듯이 물었다.

"시간이 없니?"

"그런 게 아니라 옷에 물이 묻을까 봐요……"

나는 할머니의 심상치 않은 눈빛을 보고서야 자리에서 일어나 그릇을 닦기 시작했다. 하지만 팔을 있는 대로 쭉 뻗고 마른행주로 컵과 접시와 포크와 칼을 닦았다.

할머니가 말했다.

"그래, 얼룩을 남기지 않고 살기란 아주 힘든 법이지."

나는 씻고 옷을 갈아입은 아빠의 모습을 보고 소리를 질렀다.

"멋져요!"

아빠가 나를 자랑스러워하는 것만큼 나도 아빠가 자랑스러웠다. 아빠는 잘생겨서 감색 양복을 입자 품위가 흘렀다. 오랫동안 장롱에 걸려 있던 양복에서는 조금 퀴퀴한 냄새가 났다. 하지만 엄마가 양복을 오랫동안 바깥에 걸어 놓고, 옷솔에 까만 커피 가루를 묻혀 문지른 덕에 장롱 냄새와 좀약 냄새는 어느 정도 날아간 상태였다.

엄마가 작별 인사를 했다.

"아이고, 둘 다 예쁘기도 하지. 즐거운 시간 되세요!"

아빠가 내게 말했다.

"너 들었니? 네 엄마가 나더러 예쁘단다! 내가 무슨 이팔 청춘 사내애인 것처럼 구는구나. 그런데 왠지 나도 스무 살 축구 선수가 된 기분이 드는걸!"

아빠는 골문에 공을 차 넣으려는 사람처럼 다리를 쭉 뻗었다.

나는 긴장해 있었다.

아빠는 가벼운 우스갯소리로 자신이 긴장한 것을 감추려고 했지만 조금은 흥분한 것 같았다. 아빠는 지금까지 한 번도 요트 클럽에 초대받은 적이 없었다. 우리 시 요트 클럽 회원들은 클럽 건물을 가지고 있었는데, 회원이 아닌 사람한테는 졸업 파티라든가 시장이 베푸는 여름 축제 그리고 다른 스포츠 축제처럼 특별한 이유가 있어야만 사용할 수 있게 해 주었다.

나도 그 웅장하고 오래된 저택을 바깥에서만 보았지 안에는 한 번도 들어가 본 적이 없었다. 우리는 낚시를 하러 바닷가에 갈 때마다 그 저택 앞을 지나쳤다.

나는 아빠의 자동차를 타고 가는 내내 뻣뻣하게 굳어 있었다. 그리고 머릿속으로는 '그런 파티에서는 어떻게 행동해야 할까?' 하고 고민했다. 혹시 나나 아빠가 모르는 규칙 같은 게 있는 것은 아닐까?

아빠가 말했다.

"너 설마 사내애들 몇 명 있다고 긴장하는 건 아닐 테지? 걔네들은 어차피 공을 쫓아다니는 애들이니까 긴장할 필요 없어."

나는 고개를 끄덕였다.

비르기트는 벌써 와서 독일 젊은이 네 명과 함께 한 테이블에 앉아 있었다. 우리가 들어서자 비르기트는 다행이라는 듯이 손을 흔들어 댔다.

연회장은 크고 길쭉했다. 가운데는 댄스 플로어였고 가장자리에는 테이블과 의자들이 놓여 있었다. 테이블 위에는 작은 독일 깃발과 핀란드 깃발이 꽂혀 있었다. 연회장 한쪽 끝에는 연단이 있었는데, 다섯 명으로 이루어진 악단이 벌써부터 자리를 잡고 앉아 있었다. 우리는 비르기트한테로 가서 앉았다.

비르기트가 속삭였다.

"우리가 졌어."

아빠가 대꾸했다.

"내 그럴 줄 알았다. 핀란드 사람이 축구는 무슨 축구. 우리가 가장 잘하는 건 뭐니 뭐니 해도 지구력이 필요한 개인

종목이야. 핀란드 사람들은 타고난 장거리 선수거든. 장거리 달리기라면 아무도 못 당하지!"

아빠는 그제야 독일 젊은이들과 악수하며 자기소개를 했는데 그냥 "올라비입니다!"라고 이름만 말했을 뿐 더 이상 아무 말도 하지 않았다. 독일 젊은이들도 각자 이름을 말한 뒤 아빠를 따라 자리에 앉았다.

아빠가 히죽거리면서 말했다.

"자, 이걸로 오늘 토론은 끝이구나."

나는 독일 손님들에게 아빠가 한 말을 통역해 주었다. 말을 하기 전에 단어와 문법을 일일이 따져 봐야 했기 때문에 아주 천천히 말할 수밖에 없었다.

"우리 아빠가 독일어를 못해서 아주 유감이시래요."

헤르베르트, 하인츠, 발터 그리고 또 한 명의 독일 젊은이가 이해한다는 듯이 고개를 끄덕였다.

그러더니 그 가운데 하나가 이렇게 말했다.

"우리도 핀란드 어를 하지 못해서 유감이에요."

아빠가 물었다.

"뭐라고 했니?"

"핀란드 어를 못해서 미안하대요."

"축구를 하다가는 자칫 다리를 부러뜨릴 수 있지만, 핀란드 어를 하다간 혀가 부러지지. 아니면 혀가 입천장에 들러

붙거나."

아빠는 우리나라 말이 어려운 것에 유난히 자부심을 느끼는 눈치였다.

독일 축구 선수들이 잔뜩 기대에 찬 표정으로 나를 바라보았다.

내가 입을 열었다.

"아빠 말이, 여기 분위기가 참 좋대요!"

그러자 네 사람 모두 친절하게 웃으며 합창했다.

"맞아요, 아주 좋아요! 멋져요!"

아빠가 말했다.

"그래 그래, 자기네 팀이 이겼으니 웃음이 나올 만도 하겠지."

종업원이 아빠와 축구 선수들에게 맥주를 가져다주었다. 나와 비르기트는 오렌지 주스를 마셨다.

나는 연회장 안을 이리저리 살펴보았다. 페르 에릭도 와 있었다. 그 애는 여자 친구와 함께 연회장 건너편에 앉아 넋나간 사람처럼 멍하니 창밖을 내다보고 있었다.

악단이 음악을 연주하기 시작했다. 왈츠였다.

아빠가 물었다.

"한 곡 출까?"

내가 대답했다.

"아직 아무도 추지 않잖아요?"

"누군가는 시작을 해야지."

나는 당황해하며 고개를 가로저었다. 마침 키르스티와 키르스티의 아빠가 인사를 하러 우리 테이블로 온 것이 얼마나 다행인지 몰랐다. 왈츠 세 곡과 탱고 두 곡을 흘려보낸 뒤에야 몇몇 쌍이 댄스 플로어로 나오기 시작했다. 아빠는 비르기트와 춤을 췄고, 헤르베르트는 내게 춤을 신청했다. 헤르베르트는 춤을 잘 췄고, 나는 춤추는 것을 좋아했다. 춤을 추다가 내 팔이 페르 에릭의 옷소매를 살짝 스쳤다. 페르 에릭은 전혀 눈치 채지 못한 것 같았지만 나는 전기뱀장어를 만진 사람처럼 움찔했다. 헤르베르트가 나를 자기 쪽으로 좀 더 끌어당겼다. 나는 조금 뒤로 물러섰다. 순간 연회장이 술렁거리면서 다들 동작을 멈췄다. 누군가 발이 미끄러지는 바람에 댄스 플로어에 넘어진 것이다. 페르 에릭이었다! 순간 나는 심장이 멈추는 것 같았고 얼굴이 빨개졌다. 페르 에릭은 아무 일도 없는 사람처럼 다시 일어섰다.

악단이 탱고와 폭스트롯과 트위스트 그리고 로큰롤을 잇달아 연주했다. 비르기트도 춤을 추었고, 키르스티도 춤을 추었고, 독일 선수들도, 핀란드 선수들도, 그리고 나도 춤을 추었다. 아빠는 키르스티 엄마와, 나는 계속해서 헤르베르트와 춤을 추었다. 우리가 또다시 다른 춤을 추기 시작했을 때 헤르베르트가 물었다.

"'난 널 사랑해.'가 핀란드 어로는 뭐야?"

"'시눌라 온 수레트 코르바트'."

헤르베르트가 이상하다는 듯이 물었다.

"단어가 네 개나 돼? 독일어로는 세 단어인데. 영어도 그렇고. 핀란드 사람들은 그 말을 하는데 단어가 네 개씩이나 필요한 거야?"

"'난 널 아주 사랑해.'란 뜻이니까 그렇지!"

"거 참 되게 어렵네."

헤르베르트는 어렵다고 하면서도 내가 가르쳐 준 문장을 계속 연습하더니 마침내 여덟 번째 가서 알아들을 만하게 발음했다. 그리고 아홉 번째는 내 귀에 대고 그 말을 속삭였다.

내 귓속을 감미롭게 파고드는 그 문장이 그렇게 우스울 수가 없었다.

'시눌라 온 수레트 코르바트.'는 '넌 귀가 참 크구나.'란 뜻이었다.

아빠는 더 이상 춤을 추지 않았다. 대신 무슨 생각에 잠긴 채 거의 동경하다시피 하는 눈길로 핀란드 선수들과 독일 선수들을 바라보았다.

"다들 스무 살쯤 되어 보이는구나."

나는 고개를 끄덕이며 '혹시 아빠가 스무 살 시절을 그리워하는 것은 아닐까?' 하고 생각했다. 나는 아빠가 간절한 눈길로 젊은이들을 바라본 이유를 함메르페스트를 여행한 뒤에야 비로소 알게 되었다. 그리고 아빠가 뭔가를 쓰려고 했을 때 왜 적절한 말을 찾아내지 못했는지도. 아빠는 그 말을 너무나 오랫동안 혼자서 간직하고 있었다.

실수

아빠의 양복은 다시 장롱 속으로 들어갔고 내 원피스는 침대 옆 옷걸이에 걸렸다.

나는 일기장에 페르 에릭에 대한 시와 내가 본 것을 적었고, 아빠는 양철통에 든 돈을 세었다.

어느 날 저녁 아빠가 내게 말했다.

"오늘 우리 공장에서 네 일자리를 찾았단다."

"공장 안에서요? 거긴 더럽고 먼지투성이잖아요."

"난 그 먼지들로 너희들을 먹여 살린다."

아빠는 황산 공장에서 용접공으로 일했다. 아빠가 일하는 공장에서는 화학 비료와 살충제를 만들었다.

나는 아빠의 말에 당황해하며 대꾸했다.

"그런 뜻이 아니었어요. 여름 내내 공장에서 일해야 하나요? 뭘 해야 하는데요?"

"네가 두 달 동안 일할 거라고 말해 뒀다. 한 달은 너도 방학이 있어야지. 하지만 공장 안에서 일하는 게 아니라 실험실에 자리를 마련해 놨어."

나는 좋아서 소리쳤다.

"실험실이요?"

내게 화학은 흥미진진한 과목이었다.

"그런데 제가 실험실에서 어떤 일을 할 수 있는데요?"

"니에미 박사가, 니에미 박사는 실험실 소장이야, 그 사람이 네가 할 만한 일을 찾아 줄 거다."

동생 페카가 끼어들었다.

"실험실에 왜 박사가 필요해요? 거기 사람들은 다 아파요?"

"그 사람은 의학 박사가 아니라 화학 박사야."

페카가 또 질문을 던졌다.

"화학이 뭔데요?"

아빠가 설명했다.

"화학은 여러 가지 물질과 그 물질들의 결합을 연구하는 학문이야. 화학자는 물질이 결합했을 때 어떤 현상이 일어나는지 연구한단다."

페카가 물었다.

"물질이 결합하면 병이 나요?"

우리는 모두 웃음을 터뜨렸다. 아빠가 대답했다.

"아니, 그런 게 아니야. 박사라고 다 의사는 아니란다. 우리 주위에 있는 것들은 모두 여러 가지 물질이 결합해서 만들어졌어. 흙, 공기, 물 모두 다. 땅속에 있는 금속, 광물, 금 그리고 보석을 만드는 원석까지도. 금도 화학 성분이 결합한 것뿐이지."

"원석이라고요?"

페카가 아빠의 말을 중간에서 끊더니 눈을 반짝 빛냈다.

"그럼 저도 박사가 될래요!"

나는 일자리가 생겨서 기뻤다. 일자리뿐만 아니라 출퇴근 길도 마음에 들었다. 버스에서 페르 에릭을 만날 수 있었기 때문이다. 내가 알아본 것에 따르면 페르 에릭은 황산 공장 가까이에 있는 정유 공장 사무실에서 일했다.

5월은 그지없이 아름답고 화창했다. 초여름 꽃이 곳곳에 피기 시작했고 제비들도 돌아와 하늘을 날아다녔다. 우리 집 제비들도 돌아오자마자 헛간에 다시 둥지를 틀기 시작했다. 나는 아빠와 함께 마당에 서서 제비들이 둥지 만드는 것을 지켜보았다.

아빠가 말했다.

"제비들은 언제나 자기가 살던 둥지로 돌아온단다."

"해마다 새끼를 새로 낳아서 키우죠."

아빠가 고개를 끄덕였다.

"그래, 제비들은 그러지."

내가 웃으면서 한마디 덧붙였다.

"사람들도 새집을 짓지만, 아이들은 그냥 자기네가 데리고 살던 애들을 계속 키우고요."

"대부분은 그렇지."

드디어 첫 출근 날이 되었다.

나는 잔뜩 긴장했다. 앞으로 함께 일하게 될 낯선 사람들과 내가 해야 할 새로운 일에 대해 두려움이 앞섰다. 첫날 나는 아빠와 함께 회사에 갔다. 아빠는 7시까지 가야 했고, 나는 9시까지 가면 됐지만 낯선 곳이라 아빠와 함께 가는 편이 마음이 놓였다. 아빠는 나를 공장 식당으로 데리고 가서 요리사와 직원들에게 소개했다.

'아일리'라는 직원이 말을 걸었다.

"그래, 네가 우리 슬픈 백작님의 딸이란 말이지?"

아일리는 눈이 파랬고, 얇은 입술에는 푸른빛이 감도는 붉은 립스틱을 바르고 다녔다.

내가 물었다.

"우리 아빠를 슬픈 백작님이라고 부르는 거예요?"

"나만 그렇게 부르는 게 아니야. 여기서 일하는 사람은 다 그렇게 불러."

"왜요?"

"표정이 늘 심각한 데다, 우리랑 잡담을 나누거나 시시덕 거리는 법이 없거든."

공장에서 일한 지 엿새째 되던 날, 나는 버스를 타고 출근 했고, 9시가 조금 못 되어 공장에 다다랐다. 식당으로 가서 수다를 떨 시간이 없었다. 점심시간에 나는 아빠와 아빠 동 료들과 함께 식탁에 앉아 남자 직원들이 여자 직원들과 어떻 게 시시덕거리는지 관찰했다.

나는 깜짝 놀라지 않을 수 없었다. 다들 마흔 살씩은 된 아 저씨들이었는데!

여자 직원들은 남자 직원의 흉을 보기도 했다. 하지만 나 한테는 다들 아주 친절했다. 뼈다귀처럼 비쩍 마른 요리사는 내 접시에 담긴 감자 위에 언제나 소스를 한 숟갈 더 부어 주 며 이렇게 말했다.

"넌 좀 많이 먹어야 해."

그리고 아일리는 아주 오래된 친구처럼 내 어깨를 툭툭 치 며 이런 말을 했다.

"자, 병아리, 병아리가 어떻게 알을 깨고 나오는지 사내들한테 어서 보여 주라고!"

나는 그게 무슨 말인지 이해할 수 없었지만 나쁜 뜻으로 그러는 것 같지는 않았다.

실험실도 마음에 들었다. 니에미 박사는 첫날만 내 손을 꼭 쥐며 인사하고는 그 뒤 2주 동안 그림자조차 보이지 않았다. 내가 할 일은 실험실에서 일하는 여자들이 가르쳐 주었다. 어려운 일은 없었다. 여러 가지 가루를 작은 봉지에 조금씩 나눠 담고, 라벨을 만든 뒤 각 봉투에 붙이는 게 주된 일이었다. 가끔씩 커피를 끓이거나 식당에 케이크 심부름을 갈 때도 있었다.

나는 아침에 버스를 탈 때마다 페르 에릭이 버스에 앉아 있기를 바랐다. 그러던 어느 날, 페르 에릭이 정말로 내가 탄 버스에 있었다. 버스에 올라탄 나는 긴 의자로 되어 있는 맨 뒷좌석까지 죽 걸어 들어갔다. 내가 곁을 지나갈 때 그 애는 나를 쳐다보지 않았다. 나 역시 그 애를 대놓고 보지는 않았다. 나는 맨 뒤에 앉아서 쿵쾅거리는 가슴으로 페르 에릭이 어느 정거장에서 내릴까 생각해 보았다. 그리고 그 애가 나보다 한 정거장 먼저 내릴 경우, 내가 따라 내리면 실험실에 제 시간에 다다를 수 있을지 계산해 보았다. 하지만 페르 에릭은 나보다 먼저 내리지 않았다. 내가 내리는 정거장까지 그 애도 버스에 앉아 있었다.

페르 에릭은 내 앞에서 천천히 버스를 내렸다. 나는 얼른 그 애를 지나쳐 가려고 했다. 하지만 내가 그 애 옆을 막 지나치려는 순간, 페르 에릭이 내게 물었다.

"너 이 공장에서 일하니?"

"어, 아니! 아니, 그러니까 내 말은 그렇다고! 난 실험실에서 일해."

"실험실? 그럼 이제 학교는 안 다니니?"

나는 페르 에릭이 핀란드 학기 시스템에 대해 일일이 가르쳐 주지 않으면 안 되는 외국 사람이나 되는 것처럼 아주 열심히 설명했다.

"지금은 방학이야. 3개월 동안. 9월부터는 다시 학교에 다닐 거야."

"아, 그래서 여름에만 여기서 일하는 거구나?"

"응, 두 달 동안만. 한 달은 나도 좀 쉬어야지. 학교 다니는 건 노는 게 아니니까."

"돈 버는 일에 비하면 식은 죽 먹기지."

페르 에릭은 그렇게 말하고 큰 소리로 웃었다. 하지만 그것은 웃음소리가 아니었다. 뭐랄까, 사람들이 웃는다고 일컫는 소리의 나지막한 메아리였다.

비르기트에게 페르 에릭과 만난 이야기를 해 주자 비르기트가 말했다.

"기적이 일어났구나! 그 애가 말을 하다니! 사람은 사람이었구나."

"그만 해! 난 그 애가 왜 만날 그렇게 슬퍼 보이는지 알고 싶단 말이야."

비르기트가 깔깔거리며 대답했다.

"자기 다리가 안짱다리라서! 아니면 우수에 젖은 것처럼 보여야 늙은 여자한테든 어린 여자 애한테든 호감을 사니까."

"글쎄. 우리 아빠는 공장에서 슬픈 백작으로 통해. 표정이 심각하고 말이 없다고. 넌 그럼 우리 아빠도 여자들한테 잘 보이려고 일부러 그러는 것 같니?"

"너희 아빠 아니야. 너희 아빠는 멍청한 여자들이 자기를 귀찮게 하는 게 싫어서 그러시는 걸 거야."

내가 웃으면서 말했다.

"그러는 너도 멍청한 여자야. 네가 사랑의 포로가 되면 그때 두고 보자. 나도 네 애인을 머리카락 한 올, 한 올까지 죄다 흠잡을 테니까."

비르기트가 미소를 지었다.

"그럼 난 대머리를 고르면 돼."

며칠 뒤 나는 또다시 페르 에릭과 같은 버스를 탔다. 버스에서 내린 페르 에릭은 예의 바르게 나를 기다려 주었다.

나는 저녁이면 그 애에 대한, 그리고 그 애를 위한 시를 썼고 밤에는 그 애 꿈을 꾸었으며, 낮에는 그 애와 이야기를 나누는 상상을 했다. 하지만 그 애와 막상 마주 보고 서자 무슨 말을 해야 할지 말문이 막혀 버렸다.

페르 에릭도 말이 많은 편은 아니었다. 이윽고 내가 입을 열었다.

"오늘 꽤 덥지?"

"응."

잠시 뒤 페르 에릭이 내게 물었다.

"너 몇 학년이니?"

"5학년."

그러고 나서 얼른 덧붙였다.

"김나지움(4년간의 초등학교를 졸업한 뒤 진학하는 인문계 중등학교 : 옮긴이)에서."

"그럼 너 열네 살이나 열다섯 살쯤 됐겠구나."

나는 기어 들어가는 목소리로 대답했다.

"열다섯 살이야."

그러고 나서 우리는 길이 서로 갈라질 때까지 아무 말 없이 나란히 걸었다.

나는 실험실에서 봉지들을 눈앞에 두고 앉아 꿈을 꾸었다. 그 애가 이런저런 말을 했더라면 나는 어떻게 대답했을지, 그 애가 나를 내려다보면 나는 그 애를 어떤 식으로 올려다보았을지…….

그때 니에미 박사가 들어오더니 내게 말을 걸었다.

"레나, 이리 좀 와 보렴."

니에미 박사는 점토를 굽는 가마처럼 생긴 곳으로 나를 데리고 갔다.

니에미 박사가 말했다.

"우선 가마의 온도가 500도가 될 때까지 기다려야 해. 그동안 각각의 봉지에서 10그램씩을 덜어 내열 접시에 담도록 해라. 봉지에는 번호를 매겨야 한다. 접시에는 벌써 다 번호가 매겨져 있으니까 가장 좋은 방법은 봉지랑 접시를 하나씩만 꺼내서 1번 봉지의 가루는 1번 접시에, 2번은 2번 접시에 그런 식으로 하는 거야. 가루를 다 옮겨 담았으면 내열 접시들을 가마에 넣고 15분을 기다려. 꼭 15분이어야 한다. 지나쳐도, 모자라도 안 돼. 15분이 지나면 접시들을 다시 꺼내는 거야. 꼭 15분간이어야 한다! 알았지?"

나는 고개를 끄덕였다. 내게 제대로 된 일거리가 주어지다니! 나는 잔뜩 흥분한 채 실험실 여자 직원에게 가서 저울과 내열 접시 그리고 작은 계량스푼을 달라고 했다.

내가 말했다.

"실수하지 말아야 할 텐데. 아주 중요한 실험이거든요!"

여자 직원이 웃으면서 말했다.

"실험이라고? 별로 중요한 건 아닐걸. 중요한 거라면 소장님이 너한테 시키지 않았을 거야."

내 기쁨은 순식간에 사라지고 말았다. 하지만 그럼에도 불구하고 나는 봉지에서 10그램씩을 덜어 내열 접시에 담은 뒤 가마가 500도가 되기를 기다렸다가 접시들을 조심스레 가마 속으로 밀어 넣었다. 나는 시계를 바라보다가 어느새 다시 꿈을 꾸기 시작했다.

하얀 가운을 입은 니에미 박사가 연구원 두 명을 데리고 실험실에 들어왔을 때 페르 에릭은 막 내 노란 원피스를 칭찬하고 있었다. 나는 시계를 들여다보았다. 벌써 30분이 지나 있었다!

나는 자리에서 벌떡 일어섰다.

니에미 박사가 웃으면서 물었다.

"그래, 시간이 얼마나 지났니?"

"저어, 깜빡했어요. 지금 얼른 꺼낼게요."

니에미 박사의 목소리가 굳어졌다.

"가마 안에 얼마나 있었니?"

"30분이요."

"30분이라고? 그럼 차라리 그냥 둬라. 실험은 무효야. 내가 꼭 15분이어야 한다고 했지, 15분의 두 배라고 하지는 않았다. 15분쯤이라고 한 것도 아니고, 꼭 15분이어야 한다고 했어! 넌 우리가 여기서 어떤 일을 하는지 상상도 못하겠니?"

나는 하얀색 가운 차림으로 내 앞에 서 있는 세 사람을 보았다. 역시 하얀 가운을 입고 뒤에서 나를 바라보고 있을 여자 직원들의 모습도 눈에 선했다. 니에미 박사의 시뻘겋게 달아오른 얼굴이 눈에 들어왔다. 나는 내 자신이 부끄러웠다.

니에미 박사는 그대로 뒤돌아서 다른 두 남자와 함께 실험실을 나가 버렸다. 나는 그 자리에 붙박인 듯 잠시 동안 꼼짝 않고 서 있다가 정신을 차리고 가마를 끈 뒤 석면 장갑을 끼고 접시들을 꺼냈다.

그러고 나서 사물함에서 가방을 꺼내 그대로 나와 버렸다. 여자 직원들이 내 뒷모습을 바라보며 뒤통수에 대고 뭐라고 외쳤지만 나는 듣지 않았다. 나는 창피함과 모욕감에 속이 울렁거렸다.

집으로 돌아온 나는 실험실에서 무슨 일이 있었는지 아무한테도 말하지 않았다. 곧장 침대로 가서 누운 뒤 그냥 아프다고만 했다. 아빠가 집에 오자 나는 이불을 머리 위까지 뒤

집어써 버렸다. 아빠는 처음에는 나를 가만히 내버려 두었다.

저녁때 아빠가 내 침대로 왔다.

"어디 아프니? 그럼 내일은 일하러 가지 못하겠구나."

나는 이불 밑에서 고개를 가로저었다.

아빠가 물었다.

"왜 그러니? 그만 얼굴 좀 내밀고 어디가 아픈지 말해 보려무나. 그래야 내일 가서 네가 못 온다고 사과를 하지."

"아빠는 사과하실 필요 없어요. 사과할 사람은 따로 있어요."

"누구 말이니?"

"아빠 친구요!"

"무슨 말을 하는 거니?"

"아빠 친구 니에미 박사님은 아주 나쁜 사람이에요!"

"무슨 뜻이니? 그 사람이 뭘 어떻게 했는데?"

나는 이불 밑에서 고개를 내밀었다. 아빠의 얼굴은 창백하게 질려 있었다.

아빠가 내 머리를 쓰다듬으며 말했다.

"레나야, 말을 좀 해 보렴."

아빠의 생각이 무엇이든 간에 그리 좋은 상상을 하고 있는 것 같지는 않았다. 그리고 실제로 내가 아빠한테 털어놓을 이야기는 아빠 마음에 들지 않을 게 분명했다.

나는 실험실에서 있었던 일을 설명한 뒤 내 자존심을 살리기 위한 구차한 변명을 마지막으로 덧붙였다.

"……내가 무슨 멍청한 개나 되는 것처럼 나한테 소리 지르는 건 누가 됐든 절대 용서 못해요!"

아빠가 입을 열었다.

"그래, 자제력을 잃은 건 그 사람으로서도 별로 잘한 일이 아니구나. 하지만 그 사람도 크게 실망한 게 분명해. 얼마 전에 나한테 와서 너한테 책임감이 따르는 일을 하나 맡겨도 괜찮겠냐고 물었거든. 그래서 내가 그랬지, 네가 좋아할 거라고, 그리고 아주 잘해낼 거라고!"

"그럼 중요한 일이라고 말을 했어야지요."

"그렇게 말 안 했니?"

"하긴 하셨어요. 하지만 실험실에 있는 여자 직원 하나가 중요한 일이면 나한테 시키지 않았을 거라고 했어요."

"제삼자가 무슨 상관이니? 그 일은 니에미 박사가 너한테 시킨 거고, 그러면 넌 그 사람 말을 믿었어야지. 어쨌거나 니에미 박사는 널 믿고 그런 일을 시켰단 말이야."

"하지만 중요한 실험이면 실험실 교육을 제대로 받지도 않은 꼬맹이 여자 애한테 맡겼을 리가 없잖아요."

"허, 이것 좀 보라지? 일이 이렇게 되니까 갑자기 꼬맹이 여자 애라고 우기는구나! 니에미 박사가 일부러 시간을 내서 너한테는 중요해 보이되 사실은 하나도 중요하지 않은 일이 뭐가 있을까 하고 고민했을 것 같니? 정말 어리석구나!"

나는 뜨끔했다. 이제 나는 미덥지 못할 뿐만 아니라 어리석기까지 했다.

"전 다시는 실험실에 가지 않을래요. 어차피 니에미 박사님도 절 다시는 보려고 하지 않을 거예요."

"그건 네가 너무 심각하게 생각하는 거야. 일을 하다 보면 실수를 저지르기 마련이야. 서로 실망하고, 상대의 기대에 못 미치는 일도 많고. 그렇다고 일을 아예 그만두거나 다른 사람을 더 이상 믿지 못하게 되면 안 돼. 실수를 용서하지 못할 거면 아예 사는 걸 관두는 게 낫지. 내일 아침 일찍 나랑 다시 일하러 가자. 내가 니에미 박사와 이야기를 하고, 네 잘못에 대해 용서를 구하마."

나는 머리를 다시 이불 밑으로 집어넣었다.

다음 날 아침 나는 자리에서 일어나지 않았다.

내가 아빠한테 말했다.

"전 못 가겠어요."

아빠가 한숨을 쉬며 대답했다.

"좋다. 오늘은 결근할 거라고 전하마."

비밀

    나는 그 뒤 다시는 실험실에 가지 않았다. 아니, 갈 수가 없었다. 아빠는 내가 창피해한다는 것을 알았지만 그럼에도 불구하고 내가 잘못을 인정하지 않는 것에 대해 슬퍼했다.

    니에미 박사는 나보다 아량이 넓었다. 박사는 심지어 아빠를 통해 나한테 소리를 질러서 미안하다며, 나더러 다 잊고 새로 시작하자는 말을 전했다. 하지만 나는 그럴 수가 없었다. 그 사건은 나를 갉아 먹었다. 나는 생쥐한테 갉아 먹힌 밀가루 포대 같았다. 작은 구멍으로 밀가루가 천천히 새어 나가는 것처럼 나는 속이 점점 더 텅텅 비고 기운을 잃어 갔다.

    내가 비르기트에게 어쩌면 좋으냐고 묻자 비르기트는 이렇게 대답했다.

"목을 매. 그게 하나의 해결책이 될 수 있을 거야."

나는 그 농담에 웃을 수가 없었다.

마티 오빠가 말했다.

"이제 그만 일어나! 바닥에 쓰러진 권투 선수는 네가 처음이 아니란 말이야."

하지만 나는 일어설 수 없었다.

일 년 가운데 가장 아름다운 여름이었다. 밤에도 날이 훤했고, 아침이면 방 안에 햇살이 가득했다. 바깥에서는 동생들이 즐겁게 재잘거리는 소리, 개 짖는 소리, 새들이 지저귀는 소리가 들렸다. 하지만 나는 아침마다 눈을 감은 채 침대에서 꼼짝도 하지 않았다. 밤이면 눈을 멀뚱멀뚱 뜨고 누워 괴로워했다.

바로 아래 동생 오스카리가 물었다.

"누나, 같이 수영하러 가지 않을래?"

나는 고개를 가로저었다.

엄마가 물었다.

"나랑 장 보러 갈래?"

나는 고개를 저었다.

남동생 페카가 물었다.

"이제 다시는 일어나지 않을 거야?"

내가 대답하지 않자 페카는 이렇게 말했다.

"누난 펑펑 울어야 해. 더 이상 슬프지 않도록 말이야."

다들 제 갈 데로 가고 나면 나는 침대에서 일어나 옷을 입고 바깥으로 나왔다. 아침은 먹지 않았고 씻지도 않았다. 나는 곧장 마당으로 나와 그네 위에 걸터앉았다.

어느 날 아침 할머니가 커다란 나무 그네에 앉아 있는 내 앞으로 와서 앉았다. 할머니는 아무 말도 하지 않았다. 다만 맞은편에 앉아서 내 얼굴만 물끄러미 바라보았다. 그네의 나무판이 삐꺽거리고 돌쩌귀가 끽끽댔다. 침묵이 흘렀다.

이윽고 내가 입을 열었다.

"곧 괜찮아질 거예요."

할머니가 조용히 말했다.

"그래, 그럴 테지."

그러고 나서 우리는 아무 말도 하지 않았다.

이번에는 할머니가 먼저 침묵을 깼다.

"너 많이 말랐구나."

나는 어깨를 으쓱했다.

할머니는 다시 집 안으로 들어갔다. 그날 할머니는 빵을 구웠다. 나는 다 구워진 빵 냄새를 맡으며 식욕을 느꼈지만 한 조각 가져오기 위해 집 안으로 들어가지는 않았다.

할머니가 모락모락 김이 나는 빵에 버터를 듬뿍 발라 가지고 나오더니 내 손에 쥐여 주었다. 향기가 피어올랐다.

할머니가 말했다.

"전에 할아버지가 그네에 앉아 계시면 네가 늘 할아버지한테 갓 구운 빵을 갖다 드렸지."

갑자기 내 눈에서 눈물이 흘렀다. 콧물과 눈물이 뒤범벅되어 버렸다.

"한 조각 더 먹고 싶으면 직접 갖다 먹어라. 눈물 젖은 빵은 특히 맛이 좋은 법이니까."

할머니는 반죽을 마무리하러 돌아갔다.

빵을 다 구운 할머니가 다시 나오더니 물었다.

"너 나랑 채마밭 좀 가꿀래?"

나는 고개를 끄덕였다.

"가자, 그럼!"

나는 우리 집 채마밭 뒤의 땅을 파 뒤집었고, 할머니는 괭이로 흙덩이를 잘게 부수며 부드럽게 일구었다. 우리는 새 채마밭을 네 고랑이나 더 만든 뒤 거기다 당근, 오이, 빨간 사탕무 그리고 딜(오이 샐러드 등에 많이 쓰이는 허브의 한 종류: 옮긴이)을 여러 줄 심었다.

내가 할머니한테 물었다.

"너무 늦게 심는 거 아니에요?"

"그래, 많이 늦었지. 그래서 네 도움이 필요한 거고. 하지만 먼저 따 먹을 당근이랑 오이, 빨간 사탕무는 내가 벌써 다 심었다. 네가 심은 건 나중에 거두어들이면 돼."

채마밭 만드는 일이 끝나자 우리는 계속해서 꽃밭을 만들었다. 할머니가 참제비고깔, 마거리트, 삼잎국화 등의 씨앗을 화분에 심어 집 안에 벌써 모종을 만들어 놓았기 때문에 그것을 옮겨 심기만 하면 됐다. 할머니는 내 발밑에 화분을 내려놓으며 말했다.

"너한테 모두 맡기마. 네가 하고 싶은 대로 꽃밭을 꾸며 보려무나. 하지만 금잔화 주위에는 자리를 넉넉히 남겨 둬야 한다."

나는 흙을 팠다. 매번 구멍을 새로 파서 모종을 하나씩 심은 뒤 연한 뿌리를 흙으로 덮고 물을 조금 뿌렸다.

힘든 일이었다. 하지만 내 눈은 땅에 옮겨 심어도 좋을 만한 싱싱한 꽃모종을 찾으면서 점점 더 날카로워졌고, 꽃밭에 모종을 심는 손놀림도 점점 더 야물어 갔다. 재미가 느껴졌다. 나는 모종이 자라서 파랗고, 하얗고, 노란 꽃들이 핀 모습을 상상했다.

내가 마티 오빠에게 자랑스럽게 꽃밭을 보여 주자 오빠는 이렇게 말했다.

"너, 아무래도 정원사가 되어야겠다. 화학은 누구나 소질이 있는 게 아니니까!"

오빠는 내가 웃을 거라고 생각한 모양이었다. 하지만 나는 웃지 않았다. 오빠는 실망한 표정으로 나를 바라보며 입을 열었다.

"네가 황산 공장 실험실 고개를 다 넘은 줄 알았어."

나는 아직 고개를 다 넘지 못했다. 하지만 그날 저녁에는 모처럼 단잠을 잘 수 있었다. 밤에 나는 화장실에 가려고 일어났다. 다시 침대로 돌아오는 길에 안방에서 엄마의 목소리가 들려왔다.

"애가 자만심이 너무 세요."

아빠가 대꾸했다.

"자존심이 강한 거야."

엄마가 말했다.

"어떨 땐 그게 그거예요."

나는 심장이 두근대기 시작했다. 두 분은 내 얘기를 하고 있었다! 나는 그것을 당장에 알아차렸다. 부모가 한밤중에 자기 애들 이야기가 아니면 누구 딴 사람 이야기를 하겠는가. 그리고 지금 화제에 오른 아이는 바로 나였다. 나는 귀를 기울였다.

아빠가 말했다.

"애한테 아직 말을 못하겠어."

엄마가 말했다.

"하려고 했잖아요."

"그렇긴 해. 하지만 좀 더 기다려야겠어."

엄마가 일렀다.

"너무 오래 기다리진 말아요. 자칫 딴 사람한테 듣게 될 수도 있으니까요."

아빠가 말했다.

"말 꺼내기가 여간 힘든 게 아니야. 게다가 지금 같은 상황에서 레나에게 혼란을 더 느끼게 하고 싶지도 않고. 마음 같아서는 그 애를 함메르페스트에 데리고 가고 싶은데. 가는 동안 둘이 거기에 대한 이야기를 할 시간이 충분할 거야. 자연 속에서라면 고민도 좀 잊을 수 있을 테고."

엄마가 하품을 하며 졸린 목소리로 대답했다.

"그럴 수도 있죠……"

나는 조금 더 기다렸다. 하지만 두 사람은 더 이상 이야기를 나누지 않았다. 나는 살금살금 내 방으로 돌아왔다.

잠이 확 달아났다. 두 분은 무슨 이야기를 나누고 있었을까? 나한테 무슨 이야기를 할 수 없다는 거지? 나한테 감추는 비밀이 있다니! 실험실과 관련된 이야기일까? 나는 온갖 불길한 가능성을 상상해 보았다.

내가 화학 약품을 가마에 너무 오래 놓아두는 바람에 실험실 여자 직원들이 모두 숨이 막혀 죽은 것은 아닐까? 내가 봉지에 나눈 화학 약품이 죄다 잘못되어 있었던 걸까? 내가 일을 제대로 못해서 아빠가 해고당한 것은 아닐까? 엄마가 불치병에 걸린 걸까, 아니면 아빠가? 그것도 아니라면…….

　나는 이 생각, 저 생각 끝에 실험실에서 한 일 가운데 뭔가가 잘못된 게 틀림없다는 결론에 이르렀다. 그날 낮에 맛보았던 실낱 같은 즐거움은 다시금 눈물과 함께 쓸려 가 버리고 말았다.

　비르기트가 다시 축 처져 있는 나를 보더니 말했다.

　"이번 걱정 근심은 또 어디서 가져온 거니?"

　내가 대꾸했다.

　"넌 너무 잔인해!"

　"사람들은 정직한 걸 잔인하다고 하지. 너를 불쌍히 여겨야 가장 좋은 친구니?"

　"어차피 넌 내 가장 좋은 친구야."

　나는 그렇게 대답하고 간밤에 들은 이야기를 비르기트에게 털어놓았다.

　비르기트는 이마를 찌푸리며 생각에 잠겼다.

　비르기트가 드디어 입을 열었다.

　"너희 엄마가 또 임신하신 거 아닐까?"

　"말도 안 돼!"

"그게 가장 가능성이 큰 것 같은데? 어차피 너희 엄마는 허구한 날 애만 낳으시잖아."

비르기트가 깔깔거렸다.

"허구한 날은 아니야! 그리고 엄마는 애기 낳는 것 때문에 걱정하신 적은 한 번도 없어. 게다가 설사 그렇다 하더라도 그게 나랑 무슨 상관이니? 내가 왜 그것 때문에 슬프거나 혼란스러워야 하냐고?"

"어쩌면 너에 대한 이야기가 아니었을 수도 있잖아. 세상에는 다른 사람들도 많으니까."

"사람이야 많지. 하지만 그 사람들이 다 우리 부모님의 자식은 아니야. 그리고 그 사람들 이름이 죄다 레나도 아니고."

"그러지 말고 너희 부모님한테 그냥 물어보면 되잖아. 뭘 그렇게 혼자 끙끙대니? 그냥 대놓고 물어보라고!"

나는 고개를 가로저었다. 부모님이 나한테 말하고 싶지 않다면 나 역시 물어보고 싶지 않았다.

비르기트가 갑자기 뜬금없는 질문을 던졌다.

"혹시 네 아빠한테 딴 여자가 생긴 게 아닐까?"

"우리 아빠한테?"

"우리 아빠야 여자들이 관심을 보이지 않으니까 그럴 걱정이 없지만 너희 아빠는……."

"우리 아빠가 한밤중에 그런 이야기를 엄마랑 조용히 나눌 수 있을 것 같니?"

"왜 못 나눠? 너희 엄마는 마음이 넓잖아."

"하지만 그 정도는 아니야."

비르기트가 다시 한 번 말했다.

"그러지 말고 물어봐. 그리고 나한테도 무슨 일 없는지 한 번 물어보고."

"너, 무슨 일 있니?"

"나, 남자 친구 생겼어."

비르기트는 그렇게 말한 뒤 비밀스러운 미소를 지었다.

"남자 친구? 이렇게 갑자기? 나도 아는 사람이야?"

비르기트가 히죽 웃었다.

"응. 너도 아는 애야."

"어서 말해 봐. 누구야, 대체?"

"헤르베르트!"

"헤르베르트? 하지만 걘 독일로 돌아간 지 벌써 꽤 됐잖아."

"우린 편지를 쓰고 있어."

"걔가 네 주소를 어떻게 알았어? 좀 이상한걸. 걘 그날 저녁 내내 거의 나하고만 춤을 추었는데 말이야."

"그래. 하지만 너하고만이 아니라 거의 너하고만이었지. 우리 집 주소를 물어보기에 내가 가르쳐 줬어. 벌써 세 번이

나 편지가 왔어."

"편지마다 '시눌라 온 수레트 코르바트.'라는 문장으로 끝나겠구나!"

내가 웃음을 터뜨렸다.

비르기트가 말했다.

"그건 내가 벌써 '너는 귀가 참 크다.'라는 뜻이라고 말해 줬어. 그리고 '나는 널 사랑해.'는 핀란드 어로 '미내 라카스 탄 시누아.'라고 가르쳐 줬고. 너 설마 헤르베르트가 나한테 편지를 쓴다고 기분 나쁘거나 그런 건 아니지?"

"전혀 아니야. 당나귀 귀 헤르베르트는 너나 가지렴. 난 어 차피 축구 선수 따위는 관심도 없으니까."

"한 명만 빼고!"

"이젠 걔도 관심 없어. 난 사람들에게는 더 이상 신경 쓰지 않을 거야. 학교를 그만두고 정원사가 되는 직업 훈련이나 받아야겠어. 식물은 마음을 편하게 해 주거든."

비르기트가 킥킥거리며 내 말을 받았다.

"그래, 게다가 말도 없지. 그럼 네가 하루 종일 무슨 얘길 해도 꽃들은 반박하지 않을 테니, 그거야말로 네게 딱 맞는 직업 같다."

"너무 그러지 마. 네 결혼식 꽃다발을 나한테 부탁하게 될 수도 있으니까."

"그래, 그렇게. 근데 독일로 배달도 해 줄 거야?"

그러고 나서 비르기트는 헤르베르트한테서 온 편지들을 보여 주었다. 나는 특별히 비르기트만을 위해 쓰인 멋진 외국어 문장을 보자 조금 샘이 나기도 했다.

비르기트가 아량을 베풀었다.

"내가 헤르베르트한테 하인츠나 발터가 너한테 편지 쓸 마음이 있는지 물어보라고 할 수도 있어."

"너 미쳤니? 난 누가 발터고, 누가 하인츠였는지 생각도 안 나. 솔직히 헤르베르트도 가물가물해."

나는 계속해서 열정적으로 마당을 가꿨다. 잡초를 뽑고, 물을 뿌리고, 심지어 할머니가 토마토 밭에서 필요로 하는 말똥까지 직접 거둬다 드렸다.

할머니가 말했다.

"잘난 척하는 건 오래 가지 못한다는 속담은 들어 봤다만, 이거야 원 영 반대니……. 요즘 널 보면 어찌나 죽어지내는지, 여간 걱정되는 게 아니구나."

내가 물었다.

"무슨 말씀이세요?"

"네가 그렇게 땅만 보며 살다가 영영 고개를 들지 못할까 봐 걱정이라는 말이야."

내가 한숨을 쉬며 대꾸했다.

"고개를 들 이유가 없는 걸요, 뭐."

"이유야 있고말고. 사람은 사람들 눈을 보고 살아야 해. 안 그러면 그것도 잊어버리고 만다."

"볼 게 뭐가 있다고요!"

"그건 네가 직접 찾아내야지. 내 말을 믿으렴. 넌 토마토를 사랑하지 않아. 넌 그냥 토마토 먹는 걸 좋아할 뿐이야. 그리고 너는 꽃도 좋아하지 않는다. 너는 사람을 좋아하고, 사람을 필요로 해. 그러니 이제 그만 밭에서 나가렴. 다시 사람들한테 묻혀서 살아."

하지만 그것은 할머니 생각처럼 그리 간단한 일이 아니었다. 나는 저녁마다 거울 앞에 앉아서 내 얼굴을 들여다보았다. 내 눈에 비치는 내 모습이 마음에 들지 않았다. 예전에는 얼굴에 여드름이 나면 짜고 잊어버리면 그만이었다. 하지만 이제는 곪은 여드름이 추한 내면을 드러내는 종양이기라도 한 것처럼 뚫어져라 보고 또 보았다.

내 눈에는 코도 너무 뭉툭했고, 눈도 너무 작았고, 이마도 너무 평평했고, 광대뼈도 너무 높았다. 나는 내 자신이 너무나 추하게 느껴졌다. 너무 못생겨서 다른 사람들에게 얼굴을 보이기 싫을 정도였다.

내가 비르기트에게 말했다.

"나 수도원에 들어갈까 봐. 수녀가 되고 싶어."

비르기트가 대꾸했다.

"넌 가톨릭 신자도 아니잖아."

"그럼 정교 수도원에 가면 되지, 뭐."

"넌 정교 신자도 아니잖아. 근데 정교에도 수녀가 있긴 하니?"

"몰라. 하지만 난 수녀가 되고 싶어. 아무래도 가톨릭으로 개종할까 봐."

"가톨릭 신자들은 뭘 믿는데?"

"하느님을 믿겠지. 그리고…… 어쨌거나 기도도 많이 하고 좋은 일도 많이 할 거야."

비르기트가 물었다.

"나는 뭘 믿는지 아니? 네게 필요한 건 수도원이 아니라 찬물로 하는 샤워라는 거야."

뜻밖의 여행

나는 아빠를 실망시켜서 미안했고, 오빠한테는 돈을 갚지 못해서 미안했다.

나는 고민을 거듭하면서, 아빠가 그날 밤 엄마와 무슨 이야기를 나누었는지 말해 주기를 기다렸다.

하지만 아빠는 아무 말도 하지 않았다. 다만 어느 날 저녁 내게 불쑥 여행을 하자고 했다.

"나랑 같이 함메르페스트에 가지 않을래?"

"함메르페스트요?"

"그래, 같이 가자꾸나! 어차피 꼭 뭐 할 일이 있는 것도 아니잖니? 일상에서 몇 주일 벗어나는 것도 나쁘지 않을 거다."

"하지만 아빠는 혼자 여행을 가시려고 했잖아요."

"마음은 바꿀 수 있는 거야. 네가 방해가 되는 것도 아니고. 아니, 네가 같이 가면 오히려 아주 기쁠 거야."

내가 못 믿겠다는 듯이 물었다.

"정말이세요?"

아빠가 고개를 끄덕였다.

"생각해 볼게요."

"너무 오래 생각하지는 마렴. 일주일 뒤에 떠날 거니까."

나는 아빠의 제안을 어떻게 받아들여야 좋을지 몰랐다. 기쁘지는 않았다. 하지만 어차피 그 당시에는 어떤 것도 나를 기쁘게 하지 못했다. 나는 한밤중에 엿들은 부모님의 대화를 떠올렸다. 아빠가 내게 감히 털어놓을 엄두도 내지 못하는 그 이야기를.

함메르페스트에 가는 길에 아빠는 내게 비밀을 털어놓겠지. 하지만 함메르페스트에서 내가 과연 뭘 한단 말이야?

함메르페스트! 그것은 세계에서 가장 북쪽에 있는 도시라는 것 말고는 내게 아무런 의미도 없었다. 그것 때문에 내가 과연 함메르페스트에 가야 할까? 아빠한테는 거기에 가는 게 왜 그토록 중요할까? 어째서 나를 데리고 가려는 거지? 내가 불쌍해서? 내가 다른 생각을 할 수 있도록? 하기 힘든 이야기를 하려고 나를 거기까지 데리고 가려는 건 아닐 거야. 나는 그것을 이해할 수 없었다.

물론 아빠한테 물어볼 수도 있었다. 아니, 엄마한테 물어볼 수도 있었다. 그날 밤 내가 두 분의 이야기를 들었다고 털어놓고, 대체 무슨 이야기였냐고 말해 달라면 그만이었다. 하지만 나는 묻지 않았다.

대신 엄마한테 이렇게만 말했다.

"아빠가 갑자기 저를 데리고 가고 싶어 하시는 게 이상해요."

"가고 싶지 않니?"

"잘 모르겠어요."

"네 마음을 확실히 결정하려무나. 아빠 기분 좋으라고 갈 필요는 없다. 그건 아빠도 좋아하시지 않을 거야."

"하지만 아빠도 괜히 저 기분 좋아지라고 저를 데리고 가실 필요는 없어요. 그건 저도 싫어요."

"그렇지 않단다. 아빠는 이번 고향 여행에 널 정말로 데리고 가고 싶어 하셔. 너한테 아빠 형제들을 소개시켜 주고 싶어 하시고. 그 친척들이 여기 왔을 때 넌 두 살이어서 이제는 그분들을 기억하지도 못하잖니? 그리고 아빠는 네가 어른이 돼서 네 생각을 우리한테 더 이상 털어놓지 않으려고 들기 전에 너랑 같이 시간을 보내고 싶으신 거야."

내가 물었다.

"제 생각을 더 이상 털어놓지 않으려고 든다고요? 그러는 엄마나 아빠는 저한테 모든 걸 다 말씀하세요?"

엄마가 웃으면서 대답했다.

"물론 아니지."

나는 도서관에서 노르웨이에 대한 책을 한 권 빌렸다. 함메르페스트에 대해서는 별로 많이 나와 있지 않았다. 나도이미 알고 있는, 세계에서 가장 북쪽에 있는 도시라는 것 그리고 80미터밖에 안 되는 '살렌'이 그곳에서 가장 높은 산이라는 게 고작이었다. 살렌 말고는 특별히 볼거리도 없는 것같았다. 히말라야 산맥의 에베레스트봉은 8,880미터였다. 하기야 에베레스트는 세계에서 가장 높은 산이었다. 나는 계속해서 책을 읽어 나갔다. 제2차 세계 대전 때 함메르페스트항구는 불가피하게 독일 해군 항만 기지로 사용되었다고 쓰여 있었다. 어째서 불가피했단 말이지? 나는 아빠에게 그 이유를 물어봐야겠다고 생각했다.

하지만 나는 아빠에게 우선 이렇게만 말했다.

"같이 갈게요."

아빠의 얼굴이 환해졌다.

"그러면 뭘 가지고 갈지 생각해 보려무나. 너무 많이 가져갈 생각은 하지 말고. 밤에 입을 따뜻한 옷가지는 꼭 챙겨야한다. 야영을 할 거니까! 고무장화도 잊으면 안 되고. 낚싯대는 내가 네 것까지 준비하마. 모기 쫓는 기름도 필요할 거야. 라플란드에는 아주 특별한 종류의 모기가 사니까. '매캐래트'라고 하는데, 이름부터 지독하게 물어 댈 것 같지 않니? 아주 작지만 몰려다니면서 무는데, 한 번 물리면 며칠 동안 가렵단다."

"아빠, 정말 절 데리고 가고 싶으세요?"

"얼마나 데리고 가고 싶은지 넌 아마 모를 거다! 너도 이제 고통을 다스리는 법을 배울 때가 됐어. 사람은 고통을 다스릴 수 있단다. 그게 어떤 이유에서 비롯되었건 간에."

아빠는 그렇게 말하고 웃었다.

나는 여행 준비로 가장 먼저 도서관에 가서 책 열 권을 빌렸다. 아빠는 책 읽을 시간이 없을 거라고 했지만, 나한테 지금껏 책 읽을 시간이 없었던 적은 한 번도 없었다. 책 열 권과 일기장을 싸자 가방이 꽉 차서 더 이상 뭘 더 넣을 수도 없었다. 나는 두꺼운 풀오버와 따뜻한 외투를 아빠 배낭에 구겨 넣었다.

이따금씩 아빠와 함께 하는 이번 여행이 두렵게 느껴졌다. 마음 같아서는 비르기트나 마티 오빠를 데리고 가고 싶었다. 2주 동안 아빠와 단둘이서 무슨 이야기를 한단 말인가? 아빠는 원체 말이 많은 사람이 아니었고, 이제껏 아빠와 단둘이서 이야기를 나눈 적도 별로 없었다. 아빠는 퇴근해서 돌아오면 피곤해하기 일쑤였고, 아니면 집에서 늘 할 일이 있었다.

자기 아빠랑 단둘이 있는 시간이 많으면 무슨 이야기를 나눠야 할까? 나는 아무 생각도 떠오르지 않았다. 대신 아빠도 우리가 단둘이 보내야 할 기나긴 시간이 겁나고 걱정될까? 하는 의문이 생겼다.

문제는 자동차와 텐트 안에서였다. 바깥에서는 문제 될 게 없었다. 숲이나 호숫가, 들판, 잔디밭에서는 굳이 무슨 말을 할 필요가 없었다. 나는 그런 데서는 아빠가 어떻게 행동하는지 잘 알고 있었다. 아빠의 걸음걸이는 자신감에 넘쳤고, 눈빛에는 생기가 돌았으며, 자기가 발견한 동물을 보여 주려고 나지막한 목소리로 나를 불렀다.

하지만 기나긴 자동차 여행이 문제였다. 이곳 코콜라부터 함메르페스트까지는 1,000킬로미터가 넘었다. 내가 아빠와 단둘이 차를 타고 가장 오래 달려 본 것은 20킬로미터가 고작이었다. 그것은 함메르페스트의 동산과 에베레스트만큼이나 엄청난 차이였다!

물론 우리가 산에 오를 것은 아니었다. 어쨌거나 내게는 위기를 모면할 피난처가 있었다. 바로 내가 좋아하는 책들이었다! 아빠도 책 두 권을 준비하면서 말은 이렇게 했다.

"어차피 읽지는 못할 거야. 그래도 만약의 경우를 대비해서 가져가야지. 비가 엄청 와서 며칠 동안 텐트 안에서 꼼짝 못할 경우 말이야."

나는 그런 상상은 하고 싶지 않았다.

엄마는 차 때문에 걱정했다. 우리 차는 마티 오빠의 말에 따르면 낡은 고물 덩어리였고, 아빠의 말에 따르면 고풍스런 보물이었다.

어쨌거나 오래된 것만은 분명했다!

엄마가 물었다.

"가다가 차가 서면 어떡할 거예요?"

"그럼 걸어서 가지, 뭐. 안 그러니, 레나?"

"함메르페스트까지요?"

아빠가 낙천적으로 말했다.

"집에 거의 다 돌아와서야 차에서 영혼이 빠져나갈 수도 있지."

할머니가 중얼거렸다.

"얇은 금속판을 두고 영혼은 무슨 영혼!"

아빠가 자랑스럽게 말했다.

"엔진은 강철로 되어 있다고요!"

나는 비르기트에게 물었다.

"북쪽에서 무엇을 가져다줄까?"

그러자 비르기트가 대답했다.

"잘생긴 진짜 라플란드 남자 애. 하지만 라플란드 사람들은 네 페르 에릭처럼 다들 안짱다리라더라."

"페르 에릭은 내 페르 에릭이 아니야. 어쨌든 넌 헤르베르트가 있잖아. 그 애 하나로 충분하지 않아? 아니면 너, 이국적인 남자들을 수집하는 취미라도 생긴 거야?"

"헤르베르트는 이국적이지 않아. 걘 그냥 독일 사람이라고."

남동생 오스카리와 투오모는 내가 라플란드에서 가져와야 할 것들을 적은 긴 목록을 만들었다. 순록 가죽, 순록 가죽으로 만든 장화, 라플란드 모자, 순록 뿔, 고래 포스터 등등 끝이 없었다.

엄마가 말했다.

"훈제한 순록 고기도 좀 가져오려무나."

아빠가 웃으면서 나한테 말했다.

"네 엄마나 동생들은 우리가 무슨 백만장자라도 되는 것처럼 구는구나. 여행 내내 크래커 빵에 마가린이나 발라 먹을 사람들더러 선물로 순록 가죽에 순록 고기를 가져오라니!"

페카의 부탁은 특이했다.

"난 작은 원석을 갖다 줘. 뭐 좀 조사해 보고 싶어."

할머니도 부탁이 있었다.

"나한테는 예쁜 북녘 식물 하나만 갖다 다오."

우리가 떠나는 날, 구름 한 점 없는 하늘에 해가 밝게 비추었다. 할머니가 우리 차 보닛(자동차 엔진이 있는 앞부분의 덮개 : 옮긴이)을 두드리며 말했다.

"이봐요, 쇳덩어리 영혼, 그럼 이제부터 정신 똑바로 차리라고요!"

엄마는 내가 아빠와 번갈아 운전대를 잡기라도 하는 것처럼 우리 둘에게 신신당부를 했다.

"부디 조심해요! 너도 조심해야 한다!"

마티 오빠도 한마디 했다.

"순록이 차로 뛰어들지 모르니까 조심해야 해요. 이런 고철덩이는 순록이랑 부딪치면 당장 찌그러질 테니까요."

그러자 페카가 대꾸했다.

"순록도 차에 치이고 싶지는 않을걸."

우리는 조심하겠다고, 위험에 빠지지 않도록 정신을 바짝 차리겠다고 단단히 약속했다. 여기서 우리가 약속했다는 것은 내가 그렇게 약속했다는 뜻이다. 아빠는 입을 다문 지 오래였고, 한시라도 빨리 떠나고 싶어 하는 것 같았다. 최소한 두세 번씩은 서로를 껴안으며 작별 인사를 한 터라 이제 슬슬 지겨운 눈치였다.

차가 출발하자 오스카리, 투오모, 페카가 뒤에서 달려왔다. 나는 차창을 열고 다시 한 번 손을 흔들었다.

이제 아빠와 나는 함메르페스트로 향하고 있었다.

멋진 시작

아빠가 물었다.

"너 교통 지도 볼 줄 아니?"

"이런 거 살면서 지금 처음 손에 쥐어 봤어요."

"금방 배울 거다."

"못 배우면요?"

아빠는 기분이 좋은지 태연한 목소리로 대답했다.

"그럼 좀 헤매는 거지."

"안 헤매도 1,000킬로미터잖아요."

"그래, 네 말이 맞다. 심지어 1,000킬로미터가 좀 넘지."

1,000킬로미터가 넘는다니! 차 안은 벌써 후텁지근하고 휘발유 냄새가 코를 찔렀다. 나는 하루에 몇 시간씩이나 달려야 할지 계산해 보았다. 서너 시간, 아니 적어도 다섯 시간

씩은 달려야 할지도 모른다. 끔찍하게 지겨울 것 같았다!

"우리 언제 쉬어요?"

"애, 레나, 출발한 지 얼마나 됐다고 벌써 쉬자는 소리를 하니? 화장실에 가고 싶니? 아니면 배라도 고프니?"

"그게 아니라 가방에서 책을 꺼내려고요. 책 읽어도 되지요? 어차피 제가 운전을 도울 수 있는 것도 아니니까요."

"하지만 넌 지도를 봐야 한단 말이야."

"차 타고 가는 내내 지도를 봐야 하는 건 아니잖아요. 게다가 일단 방향이 확실한 걸요, 뭐. 중간 중간에 표지판도 있고요. 언젠가 도착하겠지 하고 가만히 차에 앉아 있는 건 따분하단 말이에요."

잠시 아무 대답도 없던 아빠가 짧게 너털웃음을 치더니 휘파람을 불듯 이빨 사이로 한숨을 몰아쉬며 입을 열었다.

"이건 낯선 곳에서 펼쳐지는 네 첫 번째 여행이야. 네가 한 번도 본 적 없는 고장과 숲과 벌판을 지날 거란 말이야. 날씨가 화창해 먼 곳까지 바라볼 수 있는데 넌 지금 책을 읽겠다는 거니?"

이번에는 내가 침묵을 지켰다. 나는 창밖을 내다보았다. 아주 오랫동안. 그랬다. 바깥 경치는 무척 아름다웠다. 양옆으로 푸른 들판이 펼쳐져 있었고, 그 뒤로는 어두운 숲이 자리 잡고 있었다. 이따금씩 빨간 농가나 잿빛 헛간이 스쳐 지

나갔다. 풀밭에 서 있는 소들도 보였다. 까치들은 길가에서 껑충껑충 뛰어다녔고, 뿔까마귀들은 들판 위를 낮게 날아다녔다. 공중에는 제비들이 떠다녔다.

내가 입을 열었다.

"아주 아름다운 건 사실이에요. 하지만 다 아는 건데요, 뭘."

"넌 여기에 와 본 적이 없으니까 알 리가 없을 텐데?"

"제 말은, 우리가 사는 곳이랑 별로 다르지 않다는 거예요. 아무런 차이도 못 느끼겠어요. 뭐, 함메르페스트는 좀 다를지도 모르죠."

"확실히 다르지! 하지만 함메르페스트로 가는 동안에도 새로운 것을 많이 보게 될 거야."

'시작 한번 근사하네.'

나는 그렇게 생각하며 오른쪽으로 고개를 완전히 돌린 채 아무 말 없이 창밖만 바라보았다. 하지만 내 눈에는 아무것도 들어오지 않았다. 아빠한테 그리고 여행길에 오르자마자 아빠를 실망시킨 내 자신한테 화가 났다.

한참 뒤 아빠가 말을 걸었다.

"너, 머리가 돌아갈까 봐 걱정되지 않니?"

나는 다시 고개를 앞으로 돌려 도로를 바라보았다.

우리 앞에는 차가 없었다. 뒤도 마찬가지였다. 아빠와 나

말고는 세상에 돌아다니는 사람이 하나도 없는 것 같았다. 빽빽한 숲이 우리 주위를 에둘렀고, 우리 앞에는 기나긴 도로가 뻗어 있었다.

침묵이 흐르는 동안 나는 아빠한테 하고 싶었던 말들을 마음속으로 생각해 보았다. '아빠랑 싸우는 거 싫어요.'라고 말하고 싶었다. 아빠를 실망시키고 싶지 않아요. 아빠가 바라는 그런 딸이 되고 싶어요. 아빠가 저를 자랑스러워하면 좋겠어요. 그리고 설사 제가 못나서 특별히 자랑스러워할 거리가 없더라도 아빠가 저를 사랑하면 좋겠어요. 제가 지금 곁에 있어서 아빠가 기쁘면 좋겠어요. 우리가 같이 여행을 하고 있어서요.

하지만 나는 단 한마디도 입 밖으로 꺼내지 않았다.

나는 중간에 이렇게만 물었다.

"주위에 순록이 있는지 제가 좀 살필까요?"

아빠가 짧게 대답했다.

"순록은 낮에 돌아다니지 않는단다."

우리는 또다시 침묵 속으로 빠져 들었다. 한참 뒤에야 아빠는 그 다음 문장을 이었다.

"저 아래 아주 아름다운 호수가 있단다. 저기서 잠깐 쉬면서 빵을 좀 먹자꾸나. 난 제법 배가 고프구나."

좁은 오솔길이 호수 가까이까지 나 있었다. 아빠는 차를 길 한가운데 세우더니 차에서 내려 기지개를 켰다. 그러고 나서 호숫가로 성큼성큼 걸어갔다. 나는 아빠 뒤를 따랐다. 호수 안에는 크고 작은 섬이 몇 개 있었다. 놀란 오리 두 마리가 물 위로 퍼드덕 날아올랐다.

아빠가 말했다.

"커피를 끓이자. 마른 나뭇가지 좀 모아 올래? 난 다시 차로 가서 주전자랑 음식 보따리를 가지고 올 테니."

나는 작은 나뭇가지들을 돌과 돌 사이에 모아 놓고, 그 옆에는 굵은 나뭇가지들을 쌓아 두었다. 아빠가 성냥으로 작은 가지에 불을 붙였다. 불이 제대로 타오르기 시작하자 굵은 가지들을 그 위에 올렸다. 나는 호수로 가서 주전자에 물을 떠 온 다음 기다란 나뭇가지에 주전자를 끼워 불 위에 들고 있었다. 아빠는 크래커 빵에 마가린을 발랐고, 나는 주전자의 물이 끓기를 기다렸다. 주전자 뚜껑이 김에 들썩이기 시작했다. 나는 주전자를 평평한 돌 위에 내려놓고 커피 가루를 넣었다.

"진해도 좋으니까 많이 넣으렴."

나는 아빠의 말에 커피 가루를 한 숟갈 더 집어넣었다.

제비들이 곤충을 잡아먹고 있었다. 나는 빵을 한 입 베어 물었다. 나뭇잎들이 바스락거렸다. 갈매기의 날카로운 울음

소리가 들렸다. 아빠가 컵에 커피를 따르면서 입을 열었다.

"우리 둘 다 이번 여행을 조금 두려워하는 것 같구나. 나도 다 큰 딸이랑 여행하는 게 처음이라 어떻게 행동해야 하는지 잘 모른단다. 우리는 서로 도와야 해. 어떤 여행이 될지는 나도 잘 모르지만 내가 바라는 건 단 한 가지뿐이야. 네가 두고 두고 이번 여행을 기억하며 즐거워할 수 있도록 아주 좋은 시간을 보내는 거야. 나도 나름대로 뭐가 중요하고, 뭐가 아름답고, 또 네게 뭘 보여 주고 싶은지 생각해 둔 게 있단다. 물론 네가 원하지 않는다면 보지 않아도 된다. 하지만 적어도 나를 이해하려고 노력은 해 줬으면 좋겠구나. 나는 자연을 사랑한단다. 특히 북쪽의 자연을 사랑하지. 난 그것을 네게 보여 주고 싶은 거야. 너도 그것을 사랑하는 방법을 배울 수 있도록 말이야. 난 너한테 보여 주고 싶은 게 참 많단다. 그런데 왠지 서둘러야 한다는 느낌이 드는구나. 넌 너무 빨리 커 버려서 이제 곧 내가 보여 주는 것을 보려고도 하지 않을 테니까 말이야. 아니면 내가 벌써 늦은 거니?"

내가 대답했다.

"아니에요. 아직 안 늦었어요. 아빠가 좋아하는 장소와 풍경을 보여 주세요. 저도 분명히 그것들을 좋아하는 법을 배울 거예요. 책 읽겠다고 고집 부려서 죄송해요."

"괜찮아. 넌 책을 좋아하는걸, 뭐. 그것도 좋은 거야. 하지만 아까는 잠시 네 책 때문에 화가 났단다. 질투도 나고."

내가 웃으면서 말했다.

"질투를 하셨다고요?"

"그래, 그랬지. 넌 마음만 먹으면 내가 있는 여기 이 바깥 세계보다 책 속의 세계에 더 관심을 보일 수 있으니까."

"전 아빠의 세계에도 관심이 많아요. 어차피 둘 다 사랑할 수 있는 거잖아요."

"나는 그저 너도 알게 해 주고 싶은 거야. 네가 아직 알지도 못하는 것을 사랑까지 할 필요는 없다. 하지만 뭔가를 새로 알고 싶으면 잘 들여다봐야 해. 그냥 차에 앉아서 함메르페스트에 도착하기만 기다리는 것은 '난 어른이 되면 살기 시작할 거야.'라고 말하는 거나 마찬가지야."

나는 미소를 지어 보였다. 어른이 되어야 비로소 삶이 시작된다는 생각은 왠지 낯설지 않았다.

내가 말했다.

"열다섯 살짜리는 아무것도 아니에요! 애도 아니고, 여자도 아닌 걸요."

"열다섯 살은 그냥 열다섯 살인 거야. 하나도 흠잡을 거 없는 나이지. 적어도 나는 그렇다. 아니, 내 생각에 열다섯은 정말 멋진 나이야! 그나저나 중요한 이야기를 대충 마쳤으면 이만 일어서도록 하자."

"저도 지금 당장은 할 말이 없어요. 다른 얘긴 나중에 하면
돼요."

"그럼 가 볼까?"

아빠의 목소리는 즐겁고 기운이 넘쳤다.

배이뇌 할아버지네

차 안은 휘발유 냄새로 가득 찼고 후텁지근했다. 땀이 났다. 하지만 기분은 좋았다. 나는 좌우와 앞을 번갈아 보며 뭔가 멋진 것을 발견할 때마다 소리를 질러 댔고, 여행 안내자나 되는 것처럼 아빠더러 나무와 덤불과 꽃을 보라고 성화를 부렸다.

그날 밤 우리는 스웨덴 국경에 접해 있는 소도시, 토르니오에서 묵을 생각이었다. 그곳에는 우리 친척이 살고 있었다. 나는 아예 모르는 사람들이었고, 아빠도 나이 많은 두 사람만 안다고 했다. 아빠가 아는 사람은 아빠의 삼촌과 그 삼촌의 아들이었다. 아빠의 사촌이라는 사람은 아빠보다 나이가 몇 살 더 많고, 아들과 딸들이 있다고 했다. 나는 내 또래일지도 모르는 그 아들과 딸들에게 관심이 갔다. 친척들은 우리가 온다는 것을 모르고 있었다. 아빠는 미리 알릴 필요가 없다고 했다. 어차피 그 사람들은 집에 있거나 없거나 둘 가운데 하나고, 우리도 환영을 받든 못 받든 둘 가운데 하나라는 것이다. 그리고 그 모든 것은 가 보면 알게 된다는 게 아빠의 생각이었다.

우리는 저녁 늦게 토르니오에 도착했다. 초여름이면 핀란드 모든 지역이 그렇듯 날이 여전히 훤했다. 하지만 북쪽이라 그런지 빛이 더욱 뚜렷했고, 밝기도 낮인지 저녁인지 구분이 잘 되지 않을 정도였다.

우리는 아빠의 삼촌인 배이뇌 할아버지 집을 쉽게 찾았다. 토르니오가 워낙 크지 않은 데다 아빠는 나이가 든 뒤에도 그 집에 가 본 적이 있었기 때문이다. 노란색으로 칠한 나무 집은 발코니가 큼직했고, 큰길가에 서 있었다. 몸집이 작은 노인 한 명이 베란다 앞 계단에 앉아 있었다. 우리는 차에서 내렸다. 노인은 담배를 입에 물며 호기심에 반짝이는 작고 까만 눈으로 우리를 뚫어져라 쳐다보았다.

아빠가 손을 내밀며 말을 걸었다.

"절 못 알아보시는 것 같네요?"

노인이 아빠의 손을 잡으며 대답했다.

"그거야 네 생각이지! 죽어 가는 침대에서도 내 조카는 알아볼 수 있어."

아빠가 말했다.

"하지만 아직 그 정도는 아니신 것 같은데요. 누워 계시지도 않잖아요."

"그 정도가 아니긴! 보다시피 난 요즘 여기 이렇게 만날 퍼져 앉아서 날이 저물기를 기다리는 게 다야. 여름 저녁 내내 담배나 피우는 게 고작이라고. 그런데 이 예쁜 아가씨는 네 외양간에서 나왔니?"

"네, 레나라고 해요. 한 번 보신 적이 있을 거예요. 벌써 오래전 일이지만요."

"정말 오래됐군. 젖먹이 때 보고 못 봤으니까. 이 애 혼자 왔더라면 알아보지 못했겠어. 하지만 넌 우리 오스카리 형님을 꼭 닮았구나. 형님이 저세상에 가서 편히 쉬고 계시는 것도 벌써 몇 년째군."

나는 할아버지에게 손을 내밀었다. 할아버지가 내 손을 잡더니 자기 옆에 끌어다 앉히며 물었다.

"너 아코디언 켤 줄 아니?"

내가 고개를 저었다.

"바이올린은?"

나는 또 고개를 저었다.

"그럼 피아노라도?"

나는 이번에도 고개를 저었다. 할아버지가 웃음을 터뜨렸다. 까맣게 변해 버린 이 다섯 개가 보였다. 할아버지의 이는 그 다섯 개가 전부였다.

"그냥 악기 연주하는 사람이 하나 더 필요할 것 같아서 물어본 거야. 내일모레 여기서 약혼식이 있거든. 때맞춰 잘 왔다."

내가 대꾸했다.

"아빠는 악기를 연주할 줄 아세요."

"그래, 그럼 네 아빠랑 연주하마. 그런데 어쩐 일로 네 아빠가 너한테 악기 연주하는 걸 안 가르쳤다니? 음악이야말로 인생에서 가장 멋진 건데."

"전 음악적 재능이 없어요."

"하, 요 꼬마 아가씨, 말하는 것 좀 보라지! 음악적 재능이 없다! 너 김나지움에 다니는구나, 그렇지?"

내가 고개를 끄덕였다.

"말하는 것만 봐도 알겠다."

할아버지는 그렇게 말하면서 아빠한테 눈을 찡긋해 보였다. 그러고는 나를 쳐다보며 내게도 눈을 찡긋했다.

아빠는 할아버지 옆에 앉으며 담배 한 대를 입에 물었다.

두 사람은 말없이 담배만 피웠다. 나는 주변을 훔쳐보며 우리가 환영을 받은 건지 아닌지를 생각해 보았다.

'여기 이 할아버지가 아빠의 삼촌이란 말이지.'

배이뇌 할아버지는 전형적인 라플란드 사람이었다. 찢어진 눈, 갈색 피부, 매끈매끈한 볼. 그리고 눈가에 깊게 파인 주름은 웃을 때마다 이상하게 접혔다. 할아버지는 다른 사람들은 미처 보지 못하는 것을 혼자만 보는 사람처럼 묘한 미소를 짓고 있었다.

뒤쪽 마당에는 개집이 있었다. 내가 개집을 바라보자 할아버지가 다섯 개밖에 남지 않은 이 사이로 휘파람을 불었다. 할아버지가 한 번 더 휘파람을 불더니 이번에는 소리를 질렀다.

"이런 멍청한 똥개 같으니라고! 낯선 사람이 오면 짖어야 할 거 아니야? 설사 아는 사람이 왔다고 해도 어서 오라고 한 번 짖어 줘야 하는 거 아니냐고?"

개가 할아버지의 말을 알아듣기라도 했는지 힘없이 짖는 소리가 낮게 들려왔다. 그러더니 크고 검은 개 한 마리가 개집에서 기어 나와 우리 쪽으로 천천히 걸어왔다. 아주 늙은 개였다.

"곰 사냥하는 개야. 우리 니콜라이는 옛날엔 영웅이었지. 이제는 비록 잠만 자고, 옛날에 누렸던 영화를 꿈만 꾸지만 말이야."

내가 니콜라이를 쓰다듬어 주며 말했다.

"니콜라이는 러시아 황제였잖아요."

배이뇌 할아버지가 말했다.

"러시아의 마지막 황제 이름이 니콜라이였지. 하지만 니콜라이 알렉산드로비치도 우리 니콜라이만큼 잘 살지는 못했어. 그 사람은 시베리아로 귀양 갔고, 온 가족이 암살당했으니까. 니콜라이 황제가 겨우 쉰 살 때였지. 그래, 지배자로 사는 게 어떨 땐 개로 사는 것보다 더 위험하다니까. 우리 니콜라이는 벌써 열세 살이야. 그건 사람 나이로 따지면 거의 백 살이나 다름없지."

니콜라이는 힘이 없으나마 배이뇌 할아버지의 말이 옳다는 듯 짖으며 꼬리를 흔들어 댔다.

내가 물었다.

"그런데 여기에 곰이 있어요?"

"여기 서부 핀란드에는 없어. 곰은 동쪽 국경에 있지. 러시아에서 건너오니까. 여기는 순록이랑 토끼밖에 없단다. 왜, 사냥을 가려고?"

아빠가 말했다.

"아니요, 저흰 함메르페스트에 가는 길이에요."

"아하, 북극곰을 볼 생각이구나!"

아빠가 웃으면서 대꾸했다.

"함메르페스트에서 북극곰을 만나게 될 것 같지는 않은데요."

배이뇌 할아버지가 물었다.

"그럼 뭘 만날 것 같은데?"

아빠가 대답했다.

"글쎄요, 어쩌면 청춘 시절에 품었던 꿈을 만나게 될지도 모르죠."

배이뇌 할아버지가 껄껄 웃었다.

"오호라, 청춘 시절의 꿈을 찾아 나선 게로군. 그렇담 시간이 충분하길 바라야겠군. 청춘 시절에 뛰놀았던 꿈의 풀밭을 죄다 뜯어 먹으려면 시간이 많이 걸릴 테니!"

뒤에서 베란다 문이 열리더니 굵은 남자 목소리가 들렸다.

"아버지, 손님들을 밤새도록 계단에만 앉혀 두실 거예요? 여기 안에도 자리가 많잖아요."

그렇게 해서 우리는 마침내 집 안으로 들어갔다. 진작 집 안에 들어갔어야 할 시간이었다. 나는 얇은 셔츠 바람이라 추웠고 배도 고팠다.

배이뇌 할아버지의 아들은 할아버지랑은 아주 달랐다. 키도 크고 몸집도 좋았다. 심지어 이까지 건강해 보였다. 피부는 하얗고, 고불거리는 금발 머리에, 눈은 투명한 파란색이었다. 배이뇌 할아버지의 아들은 우리에게 상냥하게 인사한 뒤 곧장 저녁상을 차리기 시작했다.

"아버지 냉장고에 뭐 먹을 만한 게 있는지 모르겠네. 아니면 얼른 차를 타고 가게에 가서 뭘 좀 가져올게. 아버지는 빵에 소시지 한 조각이 고작이거든. 내가 가끔 들여다보면서 수프나 다른 따뜻한 음식을 가져다 드리지 않으면, 세상에 따뜻한 음식이란 게 있는지도 모르실 양반이야."

그러자 배이뇌 할아버지가 말을 받았다.

"내 사랑 안니가 살아 있을 때는 이 집에서도 하루에 두 번씩 따뜻한 음식을 먹었지."

"아버지, 그건 벌써 20년 전 일이잖아요."

배이뇌 할아버지의 아들이 걱정했던 것처럼 냉장고에는 먹을 만한 것이 별로 없었다. 배이뇌 할아버지의 아들은 아빠와 함께 먹을 것을 가지러 가게로 갔다. 나도 같이 가고 싶은 마음이 굴뚝같았다. 가게 문이 닫힌 시간에 진열대를 둘러보며 먹고 싶은 것을 마음대로 집을 수 있다고 상상하니 벌써부터 배에서 쪼르륵 소리가 났다. 아빠가 단것도 가져왔으면. 초콜릿 같은 거. 그래, 초콜릿을 가져오면 얼마나 좋을까!

내가 그런 생각을 하고 있을 때 배이뇌 할아버지가 말했다.

"가게는 빌레 거란다."

내가 고개를 끄덕였다. 나는 식료품 가게가 배이뇌 할아버지 아들 것임을 알고 있었다. 그 가게는 우리 집에서도 벌써 몇 번씩이나 화제에 올랐으니까. 나와 마티 오빠는 세상에서 가장 멋진 일 가운데 하나가 식료품 가게를 운영하는 것이라는 데 의견의 일치를 보았다. 우리 집은 허구한 날 돈에 쪼들렸지만, 특히 심할 때는 아빠의 사촌이 한다는 식료품 가게를 상상하곤 했다.

오빠와 나는 진열대 사이를 천천히 거닐며 복숭아 통조림, 사과, 오렌지, 캐러멜, 초콜릿, 초콜릿 푸딩, 케이크, 비스킷 등을 장바구니에 가득 담은 뒤, 그 귀한 것들을 할머니, 엄마, 아빠 그리고 우리 동생들, 오스카리, 투오모, 페카, 소니아가 보는 앞에서 부엌 식탁 위에 늘어놓는 꿈을 꾸곤 했다.

꿈에도 그리던 그 가게가 이제 엎어지면 코 닿을 곳에 있건만 나는 배이뇌 할아버지와 부엌에 앉아 뭐 하나 직접 고를 수가 없다니! 그야말로 처량한 신세가 아닐 수 없었다.

배이뇌 할아버지가 말했다.

"너, 배가 많이 고프면 프랄린을 좀 줄까?"

"프랄린이요?"

내 입에는 벌써 침이 가득 고였다.

"그래, 그 왜 두꺼운 단추처럼 보이는 초콜릿 있잖니? 사람들이 내 생일이나 크리스마스 때면 그런 걸 상자째 들고 온단다. 하지만 난 초콜릿을 별로 안 좋아하거든."

"전 좋아해요."

나는 그렇게 대답하면서 그 프랄린이 부디 할아버지의 쉰 번째 생일 선물이 아니길 바랐다. 할아버지는 적어도 일흔 살은 되어 보였다. 하지만 나는 그 프랄린이 할아버지의 성찬식 선물이었다고 해도 분명히 먹었을 거다. 나는 그때까지 프랄린을 먹어 본 적이 없었으므로.

상자에는 빨간 장미를 든 가녀린 여자 손이 그려져 있었다. 프랄린은 초콜릿색이었고 맛도 초콜릿 맛이었다. 나는 첫 번째 프랄린을 입에 넣고 혀끝에서 천천히 녹였다. 두 번째, 세 번째도 계속해서 먹었다. 그러고 나서 물었다.

"저어, 하나 더 먹어도 돼요?"

배이뇌 할아버지가 말했다.

"다 먹어도 된다. 속만 울렁거리지 않으면."

나는 속이 울렁거렸다. 하지만 그게 프랄린 때문인지, 아니면 햄과 치즈를 얹어 오븐에 구운 빵을 네 조각이나 먹어서인지는 확실치 않았다. 아니, 어쩌면 두 그릇이나 먹은 누가 맛 아이스크림이나 비록 한 그릇밖에 먹지 않았지만 생크림을 듬뿍 얹은 딸기 때문인지도 몰랐다. 하지만 여태껏 딸기를 먹고 속이 좋지 않은 적은 없었으니까 딸기 때문은 아닌 것 같았다.

토하지는 않았다. 다만 먹은 게 목구멍까지 차올랐고, 임산부처럼 배가 불룩 튀어나왔다.

배이뇌 할아버지의 집에는 빈방이 많았다. 아빠와 나는 방을 따로 하나씩 받았다. 침대가 좀 축축하고 얼룩진 홑청에서 약간 퀴퀴한 냄새가 나기는 했지만 그래도 기뻤다. 배이뇌 할아버지는 당신이 그토록 사랑하던 부인, 안니 할머니가 세상을 떠난 뒤 쓰지 않는 이불보와 홑청들을 아예 궤에 집어넣고 잠가 놓았던 게 분명했다.

나는 밤새 책을 읽을 생각이었다. 하지만 그것은 생각으로 끝나고 말았다. 잠은 오지 않았지만, 위가 무거운 데다 그날 있었던 일을 생각하느라 긴장감 넘치는 추리 소설이 도무지 머리에 들어오지 않았다. 나는 처음 몇 장을 읽다가 책 읽기를 포기하고 말았다. 그나마 그 처음 몇 장이, 내가 여행하면서 읽은 전부였다. 나는 끝내 누가 살인범인지 알아낼 수 없었다. 여행을 끝내고 집에 돌아왔을 때에는 더 이상 그런 데 관심이 없었으므로.

약혼식 초대

    다음 날 아침 임산부 같았던 배는 꺼져 있었고 아침을 달라고 또다시 꾸르륵거렸다.

    아빠와 배이뇌 할아버지는 벌써 커피를 다 마시고 베란다에 앉아 첫 담배를 피우고 있었다.

    "오, 우리 아가씨도 일어났구나. 안 그래도 널 깨우려고 니콜라이를 올려 보낼 참이었다."

    배이뇌 할아버지는 내가 늦잠 잔 것이 재미있는지 킥킥거렸다.

    할아버지가 말을 이었다.

    "내가 마지막으로 단잠을 잔 건 안니가 아직 내 옆에 누워 있을 때였지. 너, 레나한테 안니 얘기를 좀 해 줬니?"

    아빠가 고개를 저었다.

배이뇌 할아버지가 말했다.

"좀 해 주려무나. 아님 마음이 동하면 내가 직접 할 수도 있지."

나는 부엌으로 가서 빵에 잼을 바르고 주전자에 담긴 커피를 컵에 따랐다. 주전자는 커피가 식지 않게 화덕 위에 놓여 있었다. 부엌은 따뜻해서 안락했지만 바깥에는 햇살이 비치고 있었다. 나는 아침을 손에 들고 배이뇌 할아버지와 아빠가 앉아 있는 곳으로 나왔다.

아빠가 말했다.

"우린 방금 약혼식 얘기를 하고 있었어. 삼촌이 우리도 약혼식에 왔으면 하시는구나. 네 생각은 어떠니?"

내가 대답했다.

"글쎄요. 할아버지가 약혼하시는 건 아니잖아요."

배이뇌 할아버지가 무릎을 치며 입을 활짝 벌리고 웃었다.

"요 꼬마 아가씨가 '할아버지가 약혼하는 건 아니잖아요.' 하네! 그래, 네 말이 맞다. 이게 내 약혼식이면 분명 더 머무를 테지, 그렇지?"

나는 고개를 끄덕이며 말을 이었다.

"제 말은 약혼하는 사람이 우리를 초대해야 하는 거 아니냐는 뜻이었어요. 안 그래요?"

"그래, 넌 늘 옳은 말만 하는구나. 김나지움을 다니는 티가

난다니까. 하지만 걱정 마라. 약혼하는 사람이 내 손자라 내가 초대하고 싶은 사람은 다 초대해도 된단다. 게다가 약혼식 물주인 우리 아들도 너희들을 벌써 초대했어. 그리고 마르티가, 그게 우리 손자 이름이야, 어쨌거나 그 애가 너희를 보면 분명 초대하려고 할 거야. 난 그저 그 애가 혹시나 더 좋은 여자가 있나 싶어 약혼을 3, 4년 미루겠다고만 하지 않으면 좋겠다. 마르티는 변덕이 좀 심하거든. 풍향계에 달린 수탉 같다니까. 오늘은 여길 가리켰다가 내일은 저길 가리켰다 하지. 이따가 너희 나름대로 한 번 평가해 보려무나. 안 그래도 너희들한테 인사를 하겠다며 오전에 들르겠다고 했다. 어쩌면 약혼녀도 데리고 올지 모르지. 확실한 건 아니지만."

마르티는 정말로 약혼녀를 데리고 왔다. 약혼녀는 약간 스웨덴 여자 같았다. 우유처럼 하얀 피부에 눈은 쪽빛이었고, 양 볼에는 보조개가 팼고, 머리는 짚처럼 노란 금발이었다.

배이뇌 할아버지가 우리를 서로 소개시켰다.

"여기 애가 리사야. 꼭 영화에 나오는 예쁜 배우처럼 생기지 않았니?"

리사가 웃으면서 마르티를 가리켰다.

"그리고 여긴 마르티예요! 마르티는 꼭 그 영화에 나오는 악당같이 생겼죠?"

마르티는 마르고 까무잡잡했다. 눈은 배이뇌 할아버지의 다소 교활해 보이는 날카로운 눈을 물려받았지만 할아버지처럼 장난기가 배어 있지 않았다. 마르티의 눈동자는 쉴 새 없이 이리저리 빠르게 움직였고, 그 어디에도 오래 머물지 않았다. 가느다란 손도 차분히 두지를 못했다. 자신의 곱슬머리를 만지다가 리사의 머리를 만지는가 하면, 거실을 이리저리 돌아다니며 꽃병을 집었다, 책을 집었다 했다.

마르티가 말했다.

"당연히 제 약혼식 때까지 여기 계셔야죠. 다른 말씀은 마세요. 언제 여길 또 오시겠어요? 제가 약혼을 몇 번씩이나 할 것도 아니고요. 인생에 딱 한 번뿐이잖아요. 알맞은 때 잘 오셨어요. 기대했던 일은 아니지만 정말 환영합니다!"

리사가 고개를 끄덕이며 우리를 향해 상냥한 웃음을 지어 보였다. 아빠가 나를 바라보며 입을 열었다.

"흠, 우린 사실 함메르페스트에 가는 길이었는데……."

마르티가 식탁보를 손가락에 감으며 대꾸했다.

"함메르페스트가 뭐 도망이라도 가나요? 며칠 있다가 도시를 다 철거해 버릴 것도 아니고요."

배이뇌 할아버지가 리사에게 말했다.

"너희들 결혼하면 이 녀석한테 벙어리장갑 좀 떠 줘라. 이

녀석, 손가락을 가지고 어찌나 안절부절못하는지. 다섯 손가락이 서로 꽉 좀 붙어 있게 훈련시켜야 해."

우리는 마르티에게 약혼식 날까지 머물겠다고 약속했다.

이제 문제는 선물이었다. 우리는 너무 비싸지 않으면서도 두 사람에게 잘 어울리는 선물을 찾기 위해 가게를 뒤졌다. 아빠는 약혼하는 사람들한테 어떤 것을 선물해야 하는지 선물의 '선'자도 모르는 게 분명했다. 나도 그런 것을 잘 알지 못했지만, 어쨌거나 낚시 가게에서 아빠를 끌고 나오는 정도의 상식은 있었다. 낚싯대나 특별한 금속 미끼나 어망 따위는 말도 안 됐다. 하지만 내가 사고 싶어 한 예쁜 레이스 받침은 아빠가 반대했다. 아빠는 그런 것은 아무짝에도 쓸모가 없다고 생각했다.

"그뿐만이 아니야. 생각을 좀 해 보렴. 마르티가 그 손가락으로 이걸 몇 번 감으면 이 하늘하늘한 것이 어떻게 되겠나!"

아빠는 꽃병도 반대했다. 나는 약혼 선물로 우유 주전자는 알맞지 않다고 생각했다. 도자기 인형은 아빠가 당장 퇴짜를 놓았다. 빵 칼은 내가 안 된다고 했다.

우리는 한 중고품 가게에서 마땅한 선물을 찾았다. 손으로 만든 예쁜 나무 상자였는데, 상자를 이리저리 돌려 가며 한

참 동안 고민해야 뚜껑을 열 수 있었다. 아빠와 나는 어디를 눌러야 뚜껑이 열리는지 알아내는 데 15분이 걸렸다.

내가 말했다.

"마르티의 그 안절부절못하는 손가락으로는 절대 열지 못할 걸요!"

아빠가 대꾸했다.

"그럼 리사가 비밀 연애편지를 숨겨 놓을 수 있으니까 좋지."

우리는 그 나무 상자를 찾아내서 무척 기뻤다.

아빠가 말했다.

"마음 같아서는 내가 가지거나 네 엄마한테 선물하고 싶구나."

내가 말했다.

"엄마한테 선물하면 아빠가 가지는 거나 마찬가지니까요."

아빠가 웃음을 터뜨렸다.

배이뇌 할아버지와 아빠는 공연 연습을 했다. 배이뇌 할아버지가 바이올린을 주면서 아빠를 설득했다. 할아버지는 이제 아코디언 말고 다른 악기는 연주하지 않았다.

나는 나보다 두 살 많은 사촌 언니 시르파와 이야기를 나눴다. 시르파는 벌써 사랑하는 사람이 있어서인지 결혼이나 애인이 짓고 싶어 하는 집에 대한 이야기를 했다. 시르파도 오빠 마르티나 남동생 유시처럼 자기 아빠의 식료품 가게에서 일했다.

하지만 언젠가는 자기 가게를 가지는 게 시르파의 꿈이었다. 시르파는 옷집을 열고 싶어 했고, 마르티는 스포츠 용품 가게를, 유시는 제 아빠 것보다 더 큰 식료품 가게를 운영하고 싶어 했다.

시르파는 유행하는 옷감이나 디자인을 잘 알았다. 시르파가 내게 약혼식 때 입을 원피스를 빌려 주겠다고 했다. 당연히 내 노란 원피스는 집에 있었다. 하지만 나는 내 원피스가 얼마나 예쁜지 호들갑을 떨었다. 나도 예쁜 옷이 있다는 것을 알리고 싶었다. 내 노란 원피스가 어떻게 생겼는지 자세히 묘사하자 시르파가 말했다.

"유행을 안 타는 옷 같구나. 난 최신 유행에 맞는 옷을 사. 그래야 삶에 변화가 있거든."

나는 시르파에게 유행이 뭐고, 최신 유행은 어느 나라를 기준으로 삼느냐고 물어보고 싶었다. 핀란드? 스웨덴? 아니면 영국? 아니, 시르파는 혹시 프랑스에 아는 사람이라도 있는 걸까? 하지만 나는 유행에 대해 전혀 모른다는 티를 내고 싶지 않았다. 게다가 프랑스가 패션을 이끌어 간다는 것쯤은 나도 알고 있었다. 그래서 안타까운 듯 한숨을 내쉬며 이렇게 말했다.

"아아, 나도 평생에 한 번이라도 디올 드레스를 입어 볼 수 있다면!"

그러자 시르파가 기가 막힌다는 듯 소리를 질렀다.

"너 미쳤니? 디올 드레스가 얼만지 알고나 하는 소리야? 난 겨우 옷 한 벌 때문에 돈을 그렇게 많이 쓰지는 않을 거야. 패션 잡지를 보고 거기 나온 대로 만들면 되니까. 그러면 훨씬 싸고, 어차피 결과는 똑같단 말이야."

시르파는 타고난 실용주의자였다. 유명한 상표의 마술 따위에는 홀리는 법이 없었다. 불행히 우리가 선물로 준비한 나무 상자도 시르파를 감동시키지는 못했다.

시르파가 물었다.

"이거 얼마 줬니? 이런 게 왜 필요한데?"

다행히 그 나무 상자는 시르파에게 줄 선물이 아니었다.

리사는 여는 방법이 교묘하기 짝이 없는 나무 상자에 매료되었다.

마르티는 이렇게 말했다.

"나중에 시간이 나면 어떻게 뚜껑을 열 수 있는지 꼭 알아낼 거야. 지금은 손님들한테 인사부터 해야지."

다들 파티가 열리는 마을 회관 강당에 모여 있었다. 젊은이들도 있었고 나이 든 사람들도 있었다. 약 쉰 명쯤 초대를 받았는데 파티에 온 사람은 예순 명쯤 됐다.

마르티가 말했다.

"마을 회관에서 열리는 파티라면 무조건 와서 배를 채우는 노인들이 있어."

강당 안에는 사람들이 앉을 수 있도록 긴 탁자와 의자들이 여기저기 놓여 있었다. 음식은 기다란 탁자 세 개에 차려져 있었고 커피, 주스, 직접 빚은 맥주 등 차고 따뜻한 음료수가 준비된 탁자는 따로 있었다.

빌레 아저씨가 아들의 약혼식을 기념해 짧은 연설을 했고, 빌레 아저씨의 부인이 음식을 먹어도 좋다고 뷔페 개막을 선포했다. 남자들은 맥주를 따랐고, 여자들은 커피를, 어린아이들은 주스를 마셨다. 곧이어 손님들이 음식이 차려진 탁자로 몰려들었다. 저마다 맛있는 음식을 한 접시 가득 채웠다.

나는 고기 한 조각과 흰 빵 그리고 토마토와 오이 샐러드를 조금 집어 왔다. 적당히 먹어야 할 것 같았다. 이렇게 다양한 음식을 먹을 수 있는 기회는 당분간 없겠지만 그렇다고 미리 먹어 둘 수도 없는 노릇이었다. 나는 저번 저녁 때 과식을 해 봐서 그것이 불가능하다는 것을 잘 알고 있었다. 아빠는 딜을 뿌린 훈제 연어와 순록 고기 몇 점을 먹었다. 아빠가 말했다.

"네 엄마도 좋아할 텐데!"

"할머니랑 마티 오빠, 오스카리, 투오모, 페카, 소니아도요. 다들 아주 맛있게 먹을 거예요. 집에 가져갈 수 없어서 참 안타까워요."

아빠가 고개를 끄덕였다.

"나도 방금 그 생각을 했단다. 우리는 여기서 왕처럼 먹고 있는데 집에 있는 식구들은 우리가 퍼석퍼석한 크래커 빵이나 씹고 있을 줄 알고 가여워하겠지."

"우리가 함메르페스트에 가다가 약혼식이 있을 줄 미리 알았나요, 뭐? 그런데 약혼식에서는 뭘 하는 거예요?"

"난들 알겠니? 아마 손가락에 반지를 끼울걸?"

"아빠는 약혼식을 안 했어요?"

"네 엄마랑은 안 했지."

"다른 사람이랑도 안 했잖아요."

아빠는 약간 슬픈 듯한 이상한 표정으로 나를 쳐다보았다. 하지만 나는 음식을 먹으면서 낯선 사람들을 구경하는 데 정신이 팔려서 아빠의 표정이 이상하다는 것을 눈치 채지 못했다.

다들 배불리 먹고 나자 배이뇌 할아버지와 아빠가 아코디언과 바이올린을 각각 집어 들었다. 두 사람은 우선 전통 민

요부터 연주했다. 손님들 가운데 몇몇이 음악에 맞춰 노래를 불렀다.

> 예쁜 소녀야, 푸른 잔디밭의 아리따운 꽃처럼
> 네 아버지의 집에서 예쁘게 자랐구나.
> 자, 이제 네 풍만한 육체를 지고
> 내게 시집을 오렴.
> 내, 언덕 위 바위 위에
> 우리 집을 지을 테니.

　배이뇌 할아버지와 아빠는 그 밖에도 여러 곡의 민요를 더 연주한 뒤 왈츠 연주로 넘어갔다. 나이 든 손님들이 춤을 추러 나왔다. 이제 열다섯 살인 마르티의 남동생 유시가 유치하다는 듯이 말했다.

　"이런 자장가 같은 음악에 맞춰서 누가 춤을 춘단 말이야!"

　내가 말했다.

　"네 눈으로 보고 있잖아."

　"넌 네가 아주 잘난 줄 아나 보구나."

　"보통보다 좀 나은 편이지."

　유시가 대꾸했다.

"쳇, 웃기네. 넌 딱 중간이야!"

나는 유시가 나한테 시비를 거는 대신 춤이나 추자고 했더라면 하고 생각했다. 하지만 유시는 춤에는 관심이 없었다. 유시의 관심은 오로지 직접 빚은 맥주뿐이었다. 제 아빠가 잠깐 자리를 뜨고, 제 엄마가 다른 여자들과 이야기를 나누느라 정신이 팔려 있을 때마다 유시는 맥주 통으로 달려가 컵에 맥주를 따른 뒤 단숨에 들이켰다. 그러고는 내가 앉아 있는 탁자로 다시 달려와 한 치도 움직이지 않은 사람처럼 보이려고 애썼다. 하지만 그렇게 세 잔을 마시고 나자 딸꾹질을 해 댔고, 눈도 약간 게슴츠레해지고 말았다.

유시가 약간 혀 꼬부라지는 소리로 중얼거렸다.

"꽤 높은걸."

내가 물었다.

"뭐가?"

유시가 속삭였다.

"맥주 말이야. 도수가 꽤 높아. 알코올이 들었거든."

내가 유시에게 눈을 흘기며 말했다.

"네가 말 안 해도 알겠어."

여자들 가운데에는 맥주를 마시는 사람이 거의 없었다. 그럴수록 남자들은 더 많이 마셨다. 남자들은 점점 더 말이 많아지고, 목소리가 커지고, 시간이 갈수록 미친 듯이 춤을 춰

댔다. 볼은 뻘겋고 얼굴은 땀범벅이었다. 아빠와 배이뇌 할아버지는 어느새 왈츠에서 핀란드 탱고와 유행가로 넘어가 있었다.

나한테 춤을 추자고 신청하는 사람은 한 명도 없었다. 시르파는 애인과, 마르티는 주로 약혼녀와 그리고 가끔씩 리사의 친구들과 춤을 추었다. 유시는 아예 춤을 추지 않았다. 그리고 다른 사람들은 나를 몰랐다. 어쩌면 내가 아주 어리다고 생각하는지도 몰랐다. 아니, 어쩌면 소매를 부풀린 시르파의 꽃무늬 원피스를 입고 있는 내 모습이 정말 소녀처럼 보이는지도 몰랐다. 하지만 나는 춤을 추고 싶었다.

내 발이 못 참겠다는 듯이 바닥을 두드렸다. 배이뇌 할아버지가 아코디온을 연주하며 내게 고갯짓을 하더니 어느새 마이크에 대고 소리를 지르고 있었다.

"저기 저 구석에 올리의 딸이 앉아 있어요. 저 애 다리가 춤추고 싶어서 들썩거리는 게 여기 이 노인 눈에까지 보이는구려. 저 애가 즐길 수 있게 어서 가서 좀 데리고 나와요!"

나는 가능한 한 눈에 띄지 않으려고 의자에서 몸을 움츠렸다. 손님들이 웃음을 터뜨렸다. 어떤 사람들은 배이뇌 할아버지가 나를 두고 한 말임을 아는 것 같았고, 다른 사람들은 누군가 싶어 강당 안을 두리번거리다가 다시 하던 말을 계속하거나 추던 춤을 계속 추었다.

내게 춤을 청하는 사람은 아무도 없었다. 나는 창피했다. 아빠가 나를 격려하려는 듯 고개를 끄덕이더니 손가락으로 자기 가슴을 가리키며 춤을 추겠냐는 듯 눈썹을 추켜올렸다. 나는 고개를 저었다. 아빠가 나와 춤추려고 연주를 멈춰서는 안 됐다. 어차피 나는 더 이상 춤추고 싶은 마음도 없었다. 게다가 나랑은 상관도 없는 별 볼일 없는 사람들의 모임이었다. 페르 에릭 같은 남자 애는 눈을 씻고 봐도 없었다. 그 애가 이 약혼식을 봤더라면 분명히 '시골 잔치군!' 했을 거다. 나는 한동안 페르 에릭을 까맣게 잊고 있었지만 그 순간에는 그 애가 필요했다. 페르 에릭은 나보다 나이가 많았고, 똑똑했고, 잘생겼고, 그 자리에 없었다. 그러니 그 애와는 무슨 이야기든 할 수 있었다. 그리고 나는 정말 그렇게 했다. 하지만 우리의 심각한 대화는 언제나 춤을 췄으면 하는 내 바람으로 끝나고 말았다.

배이뇌 할아버지와 아빠가 잠시 쉬었다. 두 사람은 맥주를 가지고 내 자리로 와서 앉았다. 배이뇌 할아버지는 그날 저녁 짬짬이 맥주를 들이켜서인지 벌써 꽤 취해 있었다. 할아버지의 휜 다리는 똑바로 서 있지 못할 정도였다.

마르티가 구석에 있는 전축을 틀었다. 멜랑콜리한 음악이 흘러나왔다. 배이뇌 할아버지가 벌떡 일어서더니 내게 허리를 굽히며 말했다.

"자, 한 번 춰 볼까, 꼬마 아가씨? 다른 사람들한테 우리가 오늘 저녁 최고의 댄스 커플이라는 것을 보여 주자고."

나는 아빠를 바라보았다. 나는 배이뇌 할아버지가 춤의 왕이 될 수 있을지 의심이 들었다.

하지만 할아버지의 기분을 상하게 하고 싶지 않았다. 내가 자리에서 일어서자 배이뇌 할아버지가 무슨 기사처럼 내 팔을 잡고 댄스 플로어로 걸어 나갔다. 그러고는 내 허리를 꽉 껴안더니 갑자기 야생 동물처럼 발을 구르며 나를 빙빙 돌리기 시작했다. 나는 어디가 바닥이고 어디가 천장인지, 그리고 어디가 공간이고 어디가 벽인지 구분이 되지 않았다.

내가 간신히 입을 열었다.

"어지러워요!"

"괜찮아."

배이뇌 할아버지는 그렇게 대답하더니 계속해서 나를 돌려 댔다. 한 번, 두 번, 세 번…… 계속해서 같은 방향으로. 속이 울렁거렸다. 나는 위장에서 솟구쳐 오르는 것들을 토하지 않으려고 입을 꽉 다물었다.

배이뇌 할아버지가 소리쳤다.

"애야, 긴장을 좀 풀려무나! 힘을 좀 빼! 웃어 보렴! 춤은 사형 선고가 아니라 즐거움이야!"

나는 웃어 보이려고 애썼다.

'이제 곧 피곤해지실 테지.' 하고 생각했다. 나이가 많이 드셨으니까. 몇 분만 참자. 그러면 힘들어서 더 이상 못 견디실 거야.

하지만 그것은 내 착각이었다.

첫 번째 레코드판이 끝나자 배이뇌 할아버지는 쉬기는커녕 소리를 질렀다.

"음악!"

마르티가 다음 레코드판을 걸자 또다시 돌아가기 시작했다. 우리는 특정한 춤을 추는 게 아니었다! 그냥 껑충껑충, 펄쩍펄쩍, 빙글빙글 뛰고 걷고 돌았다. 주위에 서 있던 손님들은 큰 소리로 웃고 있었다. 나는 열린 입들이 빙글빙글 돌아가는 것을 보았다. 어떤 여자들은 너무 웃어서 나온 눈물을 훔치고 있었다. 아빠도 웃고 있었다! 나는 아빠를 노려볼 여유조차 없었다. 그러다 갑자기 내 입에서도 웃음이 터져 나왔다. 나는 웃음보가 터져서 멈출 수가 없었다.

배이뇌 할아버지가 소리를 질렀다.

"내가 뭐랬어? 춤은 즐거움이라고 했잖아. 야호!"

배이뇌 할아버지는 제자리에서 '붕' 하고 뛰어올랐다가 그만 자기 다리에 걸려 바닥에 고꾸라지고 말았다. 할아버지는 넘어지면서 나를 잡고 있던 손을 놓았다. 나는 잠시 휘청했다가 이내 바닥에 쓰러진 할아버지를 내려다보았다. 할아버지는 꼼짝 않고 누워 있었다. 나는 온몸에 소름이 끼쳤다. 회관 안은 찬물을 끼얹은 듯 조용해졌다. 레코드판의 여자 가수만 자기 애인에게로의 여행을 계속하고 있었다. 나는 무릎을 꿇고 할아버지 곁에 앉았다. 우리 주변에 있던 사람들도 웅성이기 시작했다. 아빠가 할아버지 쪽으로 허리를 굽혀 맥을 짚었다. 나는 겁이 나서 두 손을 꼭 잡았다.

배이뇌 할아버지가 눈을 뜨더니 입을 움직였다.

"애야, 기도는 필요 없다. 맥주나 가져오렴."

그날 밤 배이뇌 할아버지는 내가 가져다 드린 맥주 말고도 몇 잔을 더 마셨다. 그러고는 손에서 아코디언이 미끄러져 내릴 때까지 음악을 연주했다.

아빠와 나는 배이뇌 할아버지뿐만 아니라 유시까지 거의 안다시피 해서 집으로 데리고 와야 했다. 우리는 거실 소파에 유시부터 눕힌 뒤 할아버지를 침대에 눕혔다. 그러고 나서 할아버지의 신발과 양복저고리를 벗겼다. 할아버지는 만족스럽다는 듯이 중얼거렸다.

"난 벽이 흔들릴 때까지 음악을 연주했어. 안니, 안니, 당신도 들었어야 하는데……"

아빠와 함께 다시 여행길에 오르기 전, 마침내 식료품 가게에 들를 기회가 나한테도 주어졌다. 진열대 사이를 거닐며 맛있는 것들을 공짜로 마구 집지는 못했지만, 아빠가 우리의 여행을 위해 커피와 크래커 빵과 마가린과 소시지를 사는 동안 빌레 아저씨한테서 선물 주머니를 건네받았다. 주머니 안에는 사과, 말린 자두, 사탕 봉지, 좁프 빵(이스트를 발효시켜 만든 말랑말랑하고 조금 단맛이 나는 빵으로, 머리를 땋듯 반죽을 꼬아 만듦 : 옮긴이) 등이 들어 있었다.

배이뇌 할아버지가 러시아 사람처럼 내 양 뺨에 입을 맞춘 뒤 윙크하며 인사를 건넸다.

"널 만나서 참 반가웠다. 하지만 춤은 좀 더 연습해야겠더라."

배이뇌 할아버지는 아빠와 악수를 나누며 물었다.

"어젯밤 내가 안니 이야기를 했니?"

아빠는 고개를 저었다.

배이뇌 할아버지가 말했다.

"애한테 안니 이야기를 해 주렴."

니콜라이가 짧게 짖었다. 배이뇌 할아버지는 우리를 향해 손을 흔들었고, 우리는 다시 여행길에 올랐다.

자동차 안은 여전히 후텁지근하고 휘발유 냄새가 났다. 그 많던 사람들의 목소리가 모두 사라지자 주위가 유난히 조용하게 느껴졌다.

내가 물었다.

"안니 할머니에 대한 특별한 얘기가 뭐예요?"

아빠가 대답했다.

"특별한 이야기는 없단다. 사시다가 돌아가셨어."

내가 좀 언짢은 목소리로 대꾸했다.

"굉장히 짧은 이야기네요."

"표지판이나 잘 보렴. 우린 로바니에미 쪽으로 가야 한다. 안니에 얽힌 특별한 이야기는, 배이뇌 삼촌이 너무너무 사랑했는데 암에 걸려 일찍 돌아가셨다는 것밖에 없어. 난 배이뇌 삼촌을 아주 좋아했단다. 넌 좀 이상하고 괴팍한 노인네라고 생각할지도 모르지만 말이야."

내가 대꾸했다.

"맞아요, 할아버진 이상하고 괴팍하세요. 하지만 저도 할아버지가 참 좋아요."

라플란드 소녀 이야기

로바니에미로 가는 길은 무척 아름다웠다. 우리는 케미 강을 따라 달렸는데 나는 그곳에 잠시 멈춰 소풍 기분을 내고 싶었지만 아빠는 함메르페스트까지 가는 내내 계속해서 그렇게 아름다울 텐데, 경치가 좋다고 번번이 쉬었다 가면 일 년을 가도 함메르페스트에 도착하지 못할 거라며 계속해서 차를 몰았다. 우리는 로바니에미에서 핀란드 어로 '바리'라고 하는 셀프 서비스 식당 겸 카페에서 잠시 쉬었다. 계산대에서 일하는 여자 직원은 얼굴이 아주 예뻤다. 아빠는 낚시 대회에 참가했을 때처럼 양 볼을 붉혔다.

아빠가 물었다.

"뭐 좀 좋은 거 있어요? 먹는 거 말이에요."

계산대 여자 직원은 맛있는 음식들의 이름을 늘어놓았다.

링곤베리 소스와 감자를 곁들인 순록 고기 굴라시, 빨간 사탕무와 구운 감자를 곁들인 순록 스테이크, 야채를 곁들인 쇠고기 요리 등등.

아빠가 말했다.

"우린 그냥 감자 수프 2인분만 주세요. 배가 그렇게 많이 고픈 게 아니니까."

나는 수프를 들고 식탁으로 와서 앉으며 아빠가 한 말을 그대로 따라 했다.

"배가 그렇게 많이 고픈 건 아니라고요? 저 여자한테 우리 지갑이 얇단 말은 하고 싶지 않으셨나 보죠?"

아빠가 계산대 여자 직원 쪽을 돌아보며 대답했다.

"그런 걸 다른 사람들이 다 알아야 하는 건 아니잖니?"

"아빠 방금 저 여자랑 시시덕대려고 하셨어요!"

"내가? 절대 아니야!"

우리는 수프를 먹은 뒤 거리를 걸어 다녔다. 태어나서 처음으로 진짜 라플란드 사람을 본 나는 멍하니 넋을 놓고 그 사람들을 쳐다보았다. 알록달록하고 무릎까지 오는 라플란드 전통 셔츠에 파란 바지를 입은 사람이 아주 많았다. 머리에는 빨강, 파랑, 노랑으로 무늬가 그려진 펠트 천 모자를 쓰고 있었다. 라플란드 사람들은 핀란드 사람들보다 작고, 얼굴은 역사책에서 본 몽골 사람들과 비슷했다.

로바니에미는 핀란드령 라플란드의 수도로 도시 전체가 어둠침침하고 삭막하기 짝이 없었다. 그곳에 살고 있는 라플란드 사람들은 어딘지 모르게 어색했다. 나중에 더 북쪽으로 올라갔을 때 우리는 순록을 몰고 이동하거나 라플란드의 전통 천막인 코타(꼭대기가 뚫린 원추형 텐트 : 옮긴이) 앞에 앉아 있는 사람들을 보았는데, 자연에서 살아가는 그들의 모습은 자기 집에서 사는 사람처럼 편안해 보였다. 라플란드 사람들은 작은 자작나무, 둥그런 언덕, 땅을 덮은 이끼 따위랑 어울렸고, 그것들과 함께 있으면 그들도 자연의 일부였다.

아빠가 입을 열었다.

"내가 처음 사랑에 빠진 소녀는 라플란드 소녀였단다."

나는 아빠가 그 소녀에 대해 이야기하기를 기다렸다. 하지만 아빠는 한참 동안 아무 말도 하지 않았다.

"그래서요? 어떤 소녀였어요?"

"아주 예뻤지!"

아빠가 미소를 띠며 말을 이었다.

"그리고 나한테 동화를 들려주곤 했지."

그러고 나서 아빠는 내가 또다시 질문을 던질 때까지 침묵을 지켰다.

"무슨 동화요?"

116

"기억이 안 나는구나."

"하나 정도는 기억하실 것 아니에요?"

아빠는 잠시 말이 없다가 조용히 미소를 짓더니 이야기를 하기 시작했다.

"옛날에 라플란드 소녀 하나가 부모와 함께 라플란드 천막에 살았단다. 아빠는 순록을 키우고 엄마는 손재주가 좋아서 순록 뼈로 목걸이, 브로치, 귀고리, 반지 등을 만들었지. 그러면 소녀는 그 장신구들을 시장에 가지고 가서 팔았어. 하지만 절대로 팔아서는 안 되는 반지가 하나 있었어. 바로 소녀가 왼손에 끼고 있는 반지였지.

엄마는 딸한테 이렇게 말하곤 했어. '이 반지는 장래 네 남편 거란다. 언젠가 이 반지가 새끼손가락에 맞는 남자를 발견하면, 그 사람이 바로 네 남편감이야. 하지만 꼭 왼손 새끼손가락이어야 해.'

딸이 웃으면서 물었어.

'제가 만나는 남자들 새끼손가락에 이 반지를 모두 끼워 줘야 한단 말씀이세요?'

그럼 엄마는 이렇게 대답했지.

'남자들이 다 네 마음에 들지는 않을 거야. 그러니 네 마음에 드는 남자들한테만 시험해 보렴.'

소녀는 시장에서 결혼하고 싶어 하는 젊은 남자를 많이 만났어. 괜찮은 남자들은 많았지만, 정작 반지를 껴 보라고 할 만큼 마음에 꼭 드는 남자는 많지 않았어. 또 설사 그렇게 마음에 드는 남자를 만나도 번번이 반지가 너무 작았지.

어느 날, 한 젊은이가 소녀한테 오더니 소녀가 팔고 있는 장신구 상자를 들여다보았어. 젊은이는 얼굴도 잘생기고, 키도 크고, 체격도 조금 마른 게 소녀의 마음에 꼭 들었지. 젊은이는 정말 예쁘다며 브로치도 보고, 목걸이도 몇 개 손에 들어 보고, 반지도 구경했어. 그러다가 어느 순간 젊은이는 눈을 들어 소녀를 바라보았어. 소녀도 젊은이를 보았고.

젊은이가 말했단다.

'넌 예쁜 장신구들이 참 많구나. 하지만 너만큼 예쁜 장신구는 없어.'

소녀는 얼굴을 붉히며 눈을 내리깔고 말았지. 젊은이는 웃으며 인사를 하고 가 버렸어. 하지만 다음 날, 젊은이가 또다시 찾아왔단다. 그러고는 해 모양 브로치를 하나 샀어.

라플란드 소녀가 물었어.

'여자 친구한테 줄 거니?'

'어쩌면.'

젊은이는 그렇게 대답하고는 브로치를 들고 가 버렸어. 그런데 다음 날 젊은이가 또 찾아오더니 이번에는 조그만 흰

달이 매달린 목걸이를 샀어.

라플란드 소녀가 물었어.

'부인한테 줄 거니?'

'그럴지도 모르지.'

젊은이는 그렇게 대답하고는 목걸이를 들고 가 버렸어. 하지만 젊은이는 그 다음 날에도 또 왔단다.

젊은이는 하얀 눈물방울처럼 생긴 귀고리를 샀어.

그리고 그 다음 날 젊은이는 소녀가 끼고 있는 반지를 보며 물었어.

'그 반지도 파는 거니?'

소녀는 고개를 저으며 대답했어.

'아니, 이 반지는 내가 사랑하는 사람을 위한 거야.'

젊은이가 되물었어.

'내가 너를 사랑한다면?'

'넌 이 반지를 끼어 봐야 해. 이 반지가 네 왼손 새끼손가락에 맞으면 너한테 내 마음을 줄 거야.'

소녀는 그렇게 대답한 뒤 손가락에서 반지를 빼 젊은이의 왼손 새끼손가락에 끼워 주려다 소스라치게 놀라고 말았어. 젊은이의 왼손 새끼손가락이 굽어져 있었거든. 소녀는 너무나 실망한 나머지 낮게 비명을 질렀어. 그러고는 그만 반지를 손에서 놓치고 말았지. 소녀는 얼른 허리를 굽혀 반지를 찾았지만 끝내 찾지 못했어. 그리고 다시 고개를 들었을 때 젊은이는 사라지고 없었단다."

아빠는 입을 다물었고 나는 아빠의 왼손을 바라보았다. 아빠의 손가락 하나는 굽은 채 펴지지 않았다. 전쟁 때 총알에 맞은 탓이었다.

내가 물었다.

"그래서 어떻게 됐어요?"

"어떻게 됐냐고? 라플란드 아빠는 계속해서 순록을 치고, 엄마는 장신구를 만들고, 소녀는 계속해서 제 반지를 찾았지. 반지를 찾은 다음에는 자기한테 꼭 맞는 남자를 찾았고."

내가 계속 물었다.

"자기한테 꼭 맞는 남자나 여자가 정말 있어요?"

아빠가 웃으면서 대답했다.

"동화 속에는 있지!"

나는 로바니에미에 좀 더 머물며 시장에서 라플란드 장신구를 구경하고 싶었지만, 아빠가 도시 구경은 집으로 돌아가는 길에 시간과 관심이 여전히 남아 있으면 그때 하자고 했다.

아빠가 설명했다.

"라플란드 사람들은 대부분 이나리나 우츠요키, 에논테키

외같이 훨씬 더 북쪽에 산단다. 옛날 북쪽에서는 가끔씩 강에서 금을 발견하곤 했지. 라플란드에는 아직도 금을 찾는 사람들이 꽤 많은데 운이 좋으면 진짜 금을 찾기도 한단다. 그곳은 맑은 시내나 강바닥이 늘 반짝거리지. 하지만 노다지꾼이 체로 일어 내는 광물은 금이 아니라 대부분 황동석이야."

내가 물었다.

"우리도 한 번 우리의 행운을 시험해 볼까요?"

아빠는 고개를 저었다. 금, 장신구, 시장, 도시 같은 것들은 아빠의 관심을 끌지 못했다. 아빠는 오로지 단 하나의 도시에만 관심이 있었다. 아빠는 어서 빨리 함메르페스트에 가고 싶어 마음이 급했다.

우리는 몇 시간을 더 달린 뒤 텐트를 칠 만한 곳을 찾았다. 당연히 물가였다. 나는 호수 가까이에서 야영을 하고 싶었지만 아빠는 강이나 커다란 시내만 찾았다.

우리는 아주 좋은 장소를 찾아냈다. 시내에서 그리 멀지 않은 곳이었다. 시냇물은 별로 깊지 않아서 수영하기에 알맞지 않았지만 물이 어찌나 맑은지 바닥에 있는 작은 돌멩이들이 죄다 금박을 입혀 놓은 듯 햇볕에 반짝이고 있었다. 나는 페카에게 가져다줄 돌을 찾기로 했다.

텐트는 금방 세워졌다. 그러고 나서 아빠와 나는 모닥불을 피웠고, 모든 준비가 끝나자 커피를 끓이고 크래커 빵을 먹었다. 나는 좁프 빵을 한 조각 잘라 후식으로 먹었다.

내가 물었다.

"우리 이제 뭐 해요?"

"여기 불가에 앉아서 불꽃이나 시내나 숲을 바라보며 물과 나무들이 우리한테 무슨 말을 하나 듣는 거지."

시냇물은 찰랑거렸고 나무들은 조용히 서 있었다.

내 생각은 다시금 어제저녁으로, 배이뇌 할아버지와 안니 할머니, 마르티와 리사 그리고 그 밖의 여러 사람들한테로 돌아가 있었다. 집 생각도 했다. 엄마와 할머니, 내 동생들. 나는 비르기트와 헤르베르트 그리고 페르 에릭도 차례로 떠올렸다. 내가 아빠와 함께 모닥불 앞에 앉아 자기들 생각을 할 때 그 사람들은 모두 무엇을 하고 있을까? 나는 라플란드 소녀와 아빠, 전쟁 때 총탄에 맞은 아빠의 손가락에 대해서도 생각했다.

내 생각은 이리저리 뛰어다녔다. 덕분에 주위에 있는 것들을 제대로 보지 못했다. 나는 시냇물 흐르는 소리와 새들의 지저귐을 들었고, 우리를 감싸고 있는 고요함도 들었다. 하지만 눈은 그 자리에 없는 것들을 좇고 있었다. 다른 사람들을.

아빠에게 물었다.

"뭘 생각하세요?"

"글쎄다, 생각을 할 때 꼭 뭘 생각해야 하는 건지 난 잘 모르겠구나. 무슨 문제를 해결하려고 하는 거면 모를까. 하지만 난 지금 해결해야 할 문제가 있는 게 아니니까, 그냥 여기 이렇게 앉아 내 주위에서 벌어지는 광경을 보면서 머릿속에 떠오르는 장면을 느낄 뿐이야. 그런 장면들이 그냥 내 머릿속에 떠올랐다가 사라지게 내버려 두는 거지. 사람들은 그런 걸 회상이라고 하지."

내가 다시 물었다.

"그 예쁜 라플란드 소녀도 있었어요?"

"그런 것 같다."

아빠는 짤막하게 대답한 뒤 이번에는 내게 질문을 던졌다.

"여기 마음에 드니?"

"네. 아주 마음에 들어요!"

아빠가 말을 이었다.

"너한테는 여기가 너무 조용해서 익숙하지 않을 거야. 여긴 사람 목소리라고는 없으니까. 난 말이야, 네가 이런 고요함을 좋아하길 바란단다. 사실은 고요하지 않은 이 고요함 말이야. '조용히 귀 기울여 듣는 법'만 배우면 돼. 아니면 벌써 다른 데가 그립니? 도시나 사람들이 많은 곳 말이야."

"아니에요, 그렇지 않아요. 물론 가끔 그리운 곳이 있기는 하지만요."

"그리운 곳이 어딘지 안다면 넌 그곳에 있는 거나 마찬가지란다."

다음 날 아침, 나는 온몸이 쑤셨다. 숲의 맨바닥은 결코 푹신하다고 할 수 없는 내 침대 매트리스보다도 더 딱딱했다. 텐트 바깥에서 커피 향과 생선 굽는 냄새가 났다. 약혼식 날 연주했던 노래 가운데 하나를 부르고 있는 아빠의 휘파람 소리가 들렸다.

아빠는 모닥불 앞에 앉아 꼬챙이에 끼운 송어를 익숙한 솜씨로 돌리고 있었다.

내가 송어를 가리키며 물었다.

"아빠, 안녕히 주무셨어요! 근데 이거 어디서 났어요?"

"저가 알아서 입을 쩍 벌리고 꼬챙이에 뛰어들더라."

"설마 아침부터 이걸 드시려는 건 아니죠?"

"내가 먹으려는 게 아니야. 난 벌써 한 마리 먹었거든. 이건 네 거란다."

"웩! 이렇게 아침 일찍부터요?"

"생선아, 미안하구나. 내 딸이 널 이렇게 끔찍이 여기는 줄 알았다면 널 살려 두는 건데 그랬다."

"좋아요, 한 입만 먹어 볼게요."

나는 생선이 어찌나 맛있던지 한 마리를 다 먹고 말았다.

크래커 빵도 커피도 모두 맛이 기가 막혔다. 햇살이 비치고, 나비가 꽃들 위로 나풀거리고, 잠자리가 갈대 위를 맴돌고, 개미들이 생선 찌꺼기를 집으로 나르고, 할미새가 돌 사이를 건너뛰며 돌 틈에서 아침 식사를 쪼아 먹고 있었다.

내가 물었다.

"여기 좀 더 머물면 안 돼요?"

"저 위로 올라가면 더 아름다운 곳이 많단다."

저 위, 그 말은 결국 계속해서 함메르페스트로 가자는 뜻이었다.

우리는 짐을 싸고, 텐트를 접은 뒤 다시 차에 올랐다.

내가 말했다.

"호수를 지나게 되면 수영을 하고 싶어요."

아빠가 대답했다.

"하루 종일 호수를 지나치게 될 테니, 마음에 드는 호수가 보이면 말하려무나."

아빠의 말이 맞았다. 우리가 달리는 길을 따라 수많은 호수들이 계속 나타났다. 호수들은 저마다 아름다운 곳에 자리 잡고 있었다. 큰 호수도 있고, 작은 호수도 있었다. 숲을 병풍처럼 등지고 있는 호수가 있는가 하면, 가냘픈 곳으로만 간간이 끊어진 채 끝이 보이지 않을 만큼 넓디넓은 호수도 있었다.

　우리를 둘러싼 풍경 전체가 초록과 파랑으로 반짝였다. 하늘 위에 떠 있는 뭉게구름만 하얀색이었다.

볼프강

볼프강은 교차로에 서 있었다. 물론 볼프강이 볼프강인 줄은 나중에야 알았다. 하지만 나는 볼프강을 보자마자 그가 독일 사람일 거라고 생각했다! 독일 사람을 본 지 몇 주밖에 지나지 않은 데다, 지금껏 외국 사람이라고는 본 적이 별로 없었기 때문에 그런 생각이 들었는지도 몰랐다. 물론 스웨덴 사람들은 자주 봤지만, 그 사람들은 핀란드에 워낙 많이 살아서 외국인 축에 끼지도 못했다.

아빠도 볼프강이 어느 나라 사람인지 짐작했는지 이렇게 말했다.

"저기 또 독일 축구 선수가 있구나. 대체 어디 가려고 저기서 있을까?"

내가 말했다.

"잠깐만 멈춰요."

"왜?"

"히치하이크를 하려는지도 모르잖아요."

"어디로 가는 줄 알고? 서쪽, 동쪽, 북쪽? 아니, 어쩌면 남쪽으로 돌아가려는 길일 수도 있어. 게다가 자기 좀 태워 달라고 신호도 보내지 않는걸?"

그때 볼프강이 지도에서 눈을 떼더니 손을 높이 치켜들었다. 아빠는 볼프강을 그대로 지나쳐 계속 차를 몰았지만 몇 미터 가지 못하고 갓길에 차를 세웠다.

"원하는 게 뭐냐고 물어봐라."

나는 볼프강에게 다가가 독일어로 인사를 건넸다. 볼프강이 기쁜 나머지 대여섯 문장을 연달아 독일어로 해 대는 바람에 나는 한마디도 알아듣지 못했다. 내가 알아들은 거라고는 그가 독일어를 한다는 것뿐이었다.

내가 잔뜩 긴장한 채 양해를 구했다.

"난 독일어를 잘 못해."

볼프강이 기대를 저버리지 않고 물었다.

"그래도 조금은 하는 거지?"

내가 고개를 끄덕였다.

볼프강이 손가락으로 자기를 가리키며 말했다.

"볼프강."

나도 나를 가리키며 내 이름을 말했다.

"레나."

아빠가 차에서 내리더니 빠른 걸음으로 다가왔다. 아빠는 볼프강에게 간단히 고개를 끄덕여 보인 뒤 내게 물었다.

"무슨 일이래?"

내가 대답했다.

"이름이 볼프강이래요."

아빠가 말했다.

"그래서?"

내가 볼프강에게 물었다.

"어디로 가는 길이니?"

볼프강이 대답했다.

"노드캅(유럽 대륙의 끝으로 노르웨이에 있음: 옮긴이)."

아빠가 알아들었다는 시늉을 했다.

"아하."

볼프강이 손으로 방향을 가리키며 말을 이었다.

"북쪽이요."

아빠가 고개를 끄덕이며 중얼거렸다.

"나도 노드캅이 어느 쪽인지 정도는 알고 있다고."

볼프강이 내게 물었다.

"너희도 노드캅에 가는 길이니?"

나는 고개를 저으며 대답했다.

"아니, 우린 함메르페스트에 가는 길이야."

볼프강이 대꾸했다.

"함메르페스트는 노드캅에서 안 멀어."

아빠가 물었다.

"같이 가겠다니?"

나는 통역을 했다.

"볼프강 말이, 노드캅은 함메르페스트랑 가깝대요."

아빠가 말했다.

"그렇게 가깝지는 않아. 이 젊은이한테 내가 노드캅까지 태워 줄 수는 없다고 말해."

내가 아빠한테 대꾸했다.

"그런 부탁은 하지도 않았어요."

아빠가 말했다.

"속으로 그런 생각을 했을걸? 내가 데려다 주지 않으면 누가 데려다 주겠어, 안 그래?"

내가 말했다.

"길에 우리만 다니는 것도 아닌데요, 뭘."

아빠가 고집을 부렸다.

"지금은 우리밖에 없어. 노드캅까지는 아니라도 조금 같이 갈 거냐고 물어봐라."

나는 아빠가 물어보라는 대로 물었고, 볼프강은 미소를 곁들인 몇 마디 독일어로 감사의 인사를 했다. 볼프강은 지도를 배낭에 집어넣고 차 뒷좌석에 올라탔다.

아빠가 차의 시동을 걸면서 말했다.

"난 독일어를 못한다고 말해 줘라."

내가 아빠한테 대꾸했다.

"그거야 벌써 알아차렸을 텐데요, 뭘."

그때 볼프강이 아빠에게 물었다.

"독일어 할 줄 아세요?"

아빠가 나한테 물었다.

"방금 뭐라고 한 거니?"

내가 통역해 주자 아빠가 나한테 핀잔을 주었다.

"거 봐라! 알아차리긴 뭘 알아채?"

그러고는 볼프강에게 외쳤다.

"녯(러시아 어로 '아니요.'란 뜻 : 옮긴이)!"

볼프강이 말했다.

"러시아 어를 하시는군요!"

그러고 나서 얼마 동안 침묵이 흘렀다. 나는 예의로라도 볼프강과 이야기를 나눠야 하는 게 아닐까 하다가, 문득 내가 이야기를 나눠야 할 사람은 볼프강이 아닌 아빠가 아닐까 싶었다. 내가 아빠와 아무 이야기도 하지 않으면 볼프강이 자칫 우리가 싸웠거나 내가 아빠와 사이가 좋지 않다고 생각할지 몰랐다. 하지만 볼프강이 아빠와 내가 아빠와 딸 사이라는 것을 알기나 할까 하는 의문이 생겼다.

아빠는 아빠가 아니라 삼촌일 수도 있으니까. 나는 적어도 이 문제만큼은 설명하고 넘어가야겠다고 생각했다. 그래서 아빠를 가리키며 입을 열었다.

"우리 아빠야."

볼프강이 웃으면서 대꾸했다.

"좋아!"

"응."

나는 '응'이라고 대답하면서도 속으로는 볼프강이 무슨 뜻으로 '좋다'고 했는지 궁금했다. 하지만 '뭐가 좋은데?', '누가 좋은데?', '왜 좋은데?' 등의 질문을 던질 용기가 없었다.

아빠가 말했다.

"한마디 이상은 하지 않는 것 같구나."

"수줍어서 그런지도 모르죠."

"수줍은 사람처럼 보이지는 않는걸?"

내가 말했다.

"잘생겼어요."

아빠가 백미러로 슬쩍 뒤를 바라보며 말했다.

"쟤가 잘생긴 게 아니라 다른 사람들이 쟤보다 못생긴 거야."

하지만 그것은 볼프강을 지나치게 깎아 세운 말이었다. 볼프강은 젊은 남자든 늙은 남자든 내가 지금까지 보아 온 모든 남자들보다 잘생겼다. 그리고 내가 남자를 많이 보지 못했다고 쳐도, 볼프강은 내가 지금껏 만나 보지 못한 그 모든 남자들 가운데에서도 으뜸일 것 같았다. 까만색에 가까운 머리카락, 초록색 눈, 니베아 광고를 떠올리게 하는 피부, 너무 얇지도 두툼하지도 않은 입술! 그야말로 완벽 그 자체였다.

볼프강이 바깥을 가리키며 입을 열었다.

"아름다워!"

나는 뒤를 돌아보며 맞장구쳤다.

"아주 아름다워!"

아빠가 또다시 물었다.

"뭐라고 했니?"

"경치가 좋대요."

"간만에 바른 소리를 했구나."

"간만에라고요? 여태껏 뭐 틀린 소리를 한 적도 없잖아요?"

아빠가 되물었다.

"여태껏 뭐 옳은 소리는 했니?"

"경치가 좋다는 거요!"

"그러니까 간만에 옳은 소리를 하나 한 거지!"

아빠는 그렇게 대답하고는 큰 소리로 웃었다.

볼프강이 물었다.

"네 아빠는 재미있는 분 같다."

내가 대꾸했다.

"두말하면 잔소리야."

그러고는 또다시 긴 침묵이 흘렀다. 우리는 푸른빛을 뿜어내는 짙은 녹음을 바라보며 고요와 경건함 속으로 빠져 들었다.

우리는 간발의 차이로 찻길을 가로지르는 순록과의 충돌을 피할 수 있었다. 아빠가 급정거로 차를 세웠다.

아빠가 말했다.

"분명히 혼자서 움직이지는 않을 거야."

잠시 뒤 아빠의 말대로 순록 무리가 찻길을 건넜다. 볼프강은 배낭에서 사진기를 꺼내더니 사진을 찍으려고 차에서 내렸다.

아빠와 나도 차에서 내렸다. 순록들은 앞에서 자기들을 이끄는 우두머리 순록만 쫓아갈 뿐 우리한테는 관심도 보이지 않았다. 볼프강이 끊임없이 셔터를 눌렀다. 순록 떼가 사라지자 이번에는 나를 향해 카메라를 들이댔다.

아빠가 물었다.

"너, 저 젊은이한테 이제 열다섯 살이라고 말했니?"

"보면 알 텐데요, 뭐. 게다가 열다섯 살짜리는 사진 찍으면 안 된다는 법이 있는 것도 아니잖아요. 제가 벌거벗고 있는 것도 아니고요."

"어서 열다섯 살이라고 말해. 괜한 기대를 품지 않게."

내가 볼프강에게 장난스럽게 물었다.

"나 몇 살 같아 보여?"

볼프강이 말했다.

"열일곱?"

나는 좋아서 아빠를 돌아보며 말했다.

"볼프강이 제가 열일곱 살 같대요! 저, 정말 그 정도 돼 보여요?"

"하나도 안 그래 보인다. 게다가 넌 열일곱 살도 아니잖아. 진짜 몇 살인지 말은 한 거야?"

나는 아빠에게 건성으로 대답했다.

"네, 네, 했어요."

볼프강이 내게 물었다.

"열일곱 살 맞아?"

내가 대답했다.

"응. 거의 그쯤 됐어!"

우리는 볼프강이 사진을 찍을 수 있도록 중간 중간 차를 멈췄다. 한 번은 요기를 하려고 바리에도 들렀다.

볼프강이 말했다.

"내가 낼게."

볼프강이 한 말을 아빠에게 전하자 아빠는 고개를 저었다. 볼프강은 그게 무슨 뜻인지 알아차리고 누가 계산을 할 것인지를 두고 아빠와 실랑이를 벌이기 시작했다. 계산대에 앉아 있던 종업원이 참을성 있게 두 사람을 지켜보더니 웃음 띤 얼굴로 내게 물었다.

"두 사람 가운데 누가 돈이 더 많니?"

내가 말했다.

"독일 사람이요."

"그래, 알았다."

여자 종업원은 그렇게 말하더니 열심히 손짓, 발짓을 해 가며 아빠와 실랑이를 벌이고 있는 볼프강의 어깨를 톡톡 두드린 뒤 독일어로 말했다.

"돈 주세요."

볼프강은 그것 보란 듯이 50마르크짜리 핀란드 지폐를 여자 종업원에게 건넸다. 아빠가 어깨를 으쓱했다. 우리는 커피와 빵이 담긴 쟁반을 들고 빈자리로 와서 앉았다. 아빠가 둥그런 호밀빵을 한 입 베어 입에 가득 문 채 "키토스!" 하고 외쳤다. 볼프강은 고개를 끄덕였다. 핀란드에 와서 얼마나 자주 들었으면 통역을 해 주지 않았는데도 벌써 알아들은 모양이었다. 하긴 '키토스'는 핀란드 사람들이 밥 먹듯 해 대는 말이었다. 할머니가 핀란드 사람들은 세상에 고마워하지 않는 것이 없을 거라고 말할 정도였다. 자기들이 살아서 고맙고, 잘 살아서 고맙고, 못 살아서 고맙고, 아이들이 적어서 고맙고, 아이들이 많아서 고맙고, 기뻐서 고맙고, 괴로워서 고맙고, 손님이 와서 고맙고, 손님이 돌아가 줘서 고맙고, 제 입에 들어가는 한 입 한 입이 고맙고, 길가에 피어 있는 모든 꽃 한 송이 한 송이가 고맙고, 그러다가 더 이상 무엇에 대해 고마워해야 할지 생각나지 않으면 방금 막 자기한테 고맙다고 인사한 사람한테 고마워한다는 것이다.

그날 우리는 호숫가에서 하룻밤을 묵었다. 당연히 볼프강은 자기 텐트를 우리 텐트 바로 옆에 쳤다. 아빠는 볼프강의 일인용 텐트를 보더니 놀라움을 금치 못했다. 볼프강의 텐트는 우리 것보다 품질이 훨씬 뛰어났다. 아주 새것 같았고, 색깔이 화려했으며, 모양도 예뻤다. 나는 볼프강에게 텐트를

사는 데 돈을 얼마나 줬는지, 그리고 어디서 샀는지 물어봐
야 했다. 어리석기 짝이 없는 질문들이었다. 어차피 아빠는
평생 독일에 갈 것도 아니면서, 게다가 새 텐트를 사려고 독
일에 가는 일은 절대로 없을 거면서 그런 것들은 대체 왜 알
고 싶어 할까?

하지만 나는 아빠가 물어보라는 대로 물어봤고, 볼프강의
대답을 통역해 주었다. 볼프강은 아빠가 원하면 독일에 가서
자기 거랑 똑같은 텐트를 사서 핀란드로 보내 줄 수 있다고
했다. 물론 텐트 값은 아빠가 미리 치러야 한다고 했다.

아빠가 말했다.

"난 손에 쥐지도 않은 물건 값을 미리 내지 않아. 물건을
가져야 돈을 내지."

내가 말했다.

"관두세요."

"내가 언제 뭐 새 텐트를 가지고 싶다고 했니? 난 그저 저
텐트가 좋아 보인단 말밖에 하지 않았단 말이야."

볼프강은 볼프강대로 아빠의 주머니칼에 깊은 감명을 받
았다. 아빠는 으쓱해서 핀란드 어로 "칼! 칼!" 하고 외치며
볼프강에게 주머니칼을 보여 주었다.

"푸코! 푸코!"

볼프강도 아빠를 따라 했다.

"푸코!"

그러고 나서 두 사람은 칼날이 얼마나 날카로운지, 손잡이의 감촉이 좋은지 등을 시험해 보며 저마다 작은 자작나무로 등산용 지팡이를 하나씩 만들었다. 그러고 나자 아빠와 볼프강은 서로를 어찌나 잘 이해하게 됐던지 더 이상 통역이 필요 없었다.

내가 아빠한테 말했다.

"저는 수영이나 하러 갈래요. 아빠 친구가 호숫가로 가지 않나 잘 감시하세요. 전 혼자 수영하고 싶지, 누구 구경하는 사람이 필요하진 않으니까요."

"걱정 말고 가기나 하렴. 네가 수영하는 동안 볼프강하고 나는 낚시나 하러 갈 테니까. 핀란드에서는 물고기를 어떻게 잡는지 내가 보여 줘야 하지 않겠니? 혼자 다니다가 배가 고파질지도 모르니까 말이야. 여긴 도로 곳곳에 카페나 레스토랑이 있는 것도 아니니까."

"아니죠. 여긴 아예 도로라고는 없으니까요. 여기 난 길은 도로가 아니라 좁고 울퉁불퉁한 오솔길이라고요."

나는 그렇게 대답한 뒤 수건을 집어 들고 호숫가로 걸어갔다.

아빠가 잡은 거라고는 별로 크지 않은 가물치 한 마리가 전부였다. 아빠는 볼프강에게 얕은 물에 살지 않는 농어나 잉어를 배 없이 잡을 수 있는 방법을 설명하고 있었다. 호수에 나루나 바위 아니면 적어도 커다란 돌이라도 있으면 아빠는 낚싯대로 농어도 잡을 수 있을 거라고 했다. 기본적으로 던질낚시로 잡지 못할 고기는 없다는 게 아빠의 설명이었다. 하지만 아빠가 잡은 가물치는 특수한 금속 미끼를 이용한 거였다. 아빠는 금속 미끼의 특별한 점을 볼프강에게 아주 자세히 설명했다. 볼프강은 아빠가 하는 말을 다 알아듣기라도 한 것처럼 고개를 끄덕였다. 하지만 사실은 단 한 마디도 알아듣지 못했고, 나는 아예 처음부터 아빠한테 그렇게 복잡한 이야기는 통역할 생각조차 없다고 선포해 놓은 상태였다. 독일어로 내가 아는 낚시 용어라고는 '물고기'가 전부였다.

아빠는 이야기하고 있는 대상을 손에 쥐고 있으면 통역 따위는 필요 없다고 말했다.

"인생에서 진짜 중요한 것은 굳이 언어로 설명할 필요가 없는 거야."

게다가 아빠는 한술 더 떠서 남자들은 말을 하지 않아도 서로를 이해할 수 있다고 믿는 눈치였다. 남자들은 손에 쥘 수 있거나 적어도 눈에 보이는 것에 대해서만 화제를 삼는다며. 그리고 남자들은 추상적인 개념 따위는 필요 없다고 했다.

아빠가 말했다.

"말이 달라도 서로 이해하는 것은 아주 간단하다고."

내가 대꾸했다.

"어련하시겠어요? 물고기, 낚시, 냄비, 뚜껑, 수프. 그거 말고는 더 알 필요가 없으니까요."

아빠가 물었다.

"너 샘나니?"

모닥불이 타올랐다. 부엉이 울음소리가 들렸다. 호수 건너편에서 어떤 커다란 짐승이 빽빽한 나뭇가지 사이를 뚫고 걸어가고 있었다. 하지만 보이지는 않았다. 우리는 벌써 저녁 식사를 마치고 커피를 마시며 불길을 바라보고 있었다.

볼프강은 하모니카를 가지고 있었다. 볼프강이 독일 노래를 한 곡 연주하더니 하모니카를 내게 건넸다. 나는 고개를 저으며 하모니카를 받아 얼른 아빠에게 넘겼다. 아빠는 내가 가장 좋아하는 노래 가운데 한 곡을 연주했다.

당신의 강가는 너무나 쓸쓸하지만
나는 그 쓸쓸함을 언제나 그리워해요.

나는 아빠의 연주에 따라 콧노래를 불렀다.

연주가 끝나자 아빠가 하모니카를 볼프강에게 돌려주었다. 볼프강이 이번에는 우리도 아는 러시아 곡을 연주했다.

내가 핀란드 어로 노래를 부르기 시작하자 아빠는 러시아 어로, 볼프강은 하모니카를 바닥에 내려놓고 독일어로 노래를 불렀다.

그러고 나서 볼프강은 또 다른 독일 노래를 들려주었다.

안녕, 잘 자요, 이제 작별을 해야 해요.
나는 떠나야 하니까요.
클로버가 자라는 여름이 되면,
눈이 빛나는 겨울이 오면,
그때 다시 돌아올게요.

갈대밭에서 야생 오리들의 울음소리가 들려왔다. 볼프강이 나를 바라보았다. 모닥불에서 피어오르는 낮은 불꽃이 우리 둘 사이에서 너울거렸고, 불똥들이 빨간 모기 떼처럼 허공으로 튀어 날아갔다. 볼프강이 내게 미소를 건넸고, 나도 미소로 답했다.

아빠가 우리더러 이제 충분히 웃었으니 그만 하라며, 먼저 자리에서 일어나 하품을 했다.

"그만 자러 갈 시간이다."

아빠의 말이 떨어지기가 무섭게 볼프강이 벌떡 일어서더니 인사를 했다.

"정말 멋진 저녁이었어. 잘 자. 그런데 핀란드 어로는 뭐라고 하니?"

내가 말했다.

"휘배 위외태!"

볼프강이 아빠에게 말했다.

"휘배 위외태!"

아빠도 인사를 했다.

"휘배 위외태, 휘배 위외태!"

그러고 나서 우리는 각자 텐트로 기어 들어갔다.

나는 한참 동안 잠을 이루지 못하고 아빠가 나지막이 코고는 소리를 들었다. 잠시 뒤 볼프강이 텐트에서 기어 나오는 소리가 들렸다. 볼프강은 여전히 타고 있는 모닥불 앞에 다시 자리를 잡더니, 모닥불이 꺼지고 나서도 한참을 그렇게 앉아 있었다.

고장

차에서 갑자기 요란한 소리가 나기 시작한 것은 다음 날 아침 길을 떠나 한두 시간쯤 달리고 있을 때였다. 아빠는 고개를 절레절레 흔들며 차를 몰았다.

볼프강이 말했다.

"배기관인 것 같아요."

아빠가 물었다.

"뭐래냐?"

내가 대답했다.

"무슨 말인지 모르겠어요. 차에 무슨 이상이 있는지 짐작 가는 데가 있는 것 같아요."

"직업이 뭐냐고 물어봐라."

내가 볼프강을 돌아보며 물었다.

"너 일?"

볼프강은 어리둥절한 표정으로 나를 바라보다가 곧 내 말이 무슨 뜻인지를 짐작하고 대답했다.

"난 대학생이야."

내가 통역해 주자 아빠가 이번에는 전공이 뭔지 물어보라고 시켰다.

볼프강이 대답했다.

"의학."

아빠가 계속해서 운전하며 혼잣말을 중얼거렸다.

"그럼 차에 대해서는 하나도 모르겠군."

차에서는 점점 더 시끄러운 소리가 났고, 볼프강은 걱정스런 표정으로 고개를 흔들었다.

아빠가 숲으로 난 길 쪽으로 방향을 틀더니 차를 세웠다. 차에서는 매연 냄새가 심하게 났다. 볼프강이 등을 땅에 대고 누워 차 밑으로 들어갔다 나오더니 다시 일어서며 말했다.

"배기관이야!"

아빠가 보닛을 열더니 걱정 어린 눈으로 자동차 안을 살펴보았다. 그러고는 땅에 드러누워 직접 차 밑으로 들어갔다.

아빠가 말했다.

"이럴 줄 알았어. 배기관이야! 배기관이 끝장났어!"

아빠는 담배를 한 대 입에 물며 길가에 주저앉았다.

나는 갈대 줄기를 꺾어서 질겅질겅 씹기 시작했다. 볼프강은 입에 무엇을 집어넣어야 좋을지 몰라 난감한 표정을 지었다. 볼프강은 담배도 피우지 않았고 갈대도 씹지 않았기 때문이다.

아빠가 담배를 다 피우더니 입을 열었다.

"구멍을 막아야겠다."

내가 물었다.

"그게 가능해요?"

"그렇게 하면 가장 가까운 정비소까지는 갈 수 있을 거야. 아님 네 생각에는 누가 여기까지 와 줄 것 같니? 그나저나 더 큰 문제는 냉각기야. 그것도 새는 것 같거든."

아빠와 볼프강은 자동차 엔진을 내려다보며 걱정 어린 얼굴로 고개를 흔들었다.

볼프강이 말했다.

"물!"

아빠가 고개를 끄덕였다. 아빠도 물이란 말은 알아들은 것 같았다. 두 사람은 냉각기에 물을 채웠고, 나는 예비용으로 병에 물을 채웠다. 아빠와 볼프강은 그사이 배기관을 손봤다.

배기관을 땜질한 덕분인지 자동차는 다시 조용히 달렸다.

차 안은 심지어 너무 조용했다. 아빠는 아무 말도 하지 않았
다. 수리비가 얼마나 들지 걱정하고 있는 게 분명했다. 볼프
강 역시 말이 없었다. 볼프강은 '노드캅까지 얼마나 남았을
까?' 하고 생각하는 것 같았다. 그리고 나는 '함메르페스트
는 여기서 얼마나 멀까?' 하고 생각했다. 함메르페스트까지
갈 수나 있을까 하는 생각과 함께.

　마을에는 작은 정비소가 있었다. 하지만 그 정비소에는 교
환용 새 배기관은커녕 임시변통으로 바꿀 만한 헌 배기관도
없었다.
　자동차 정비공이 아빠에게 말했다.
　"나 같으면 이 고철을 끌고 국경을 넘는 짓은 하지 않을 거
요. 그래도 혹시 노르웨이에 갔다가 거기서 차가 수명을 다
하면, 굳이 끌고 올 생각 말고 그냥 걸어서 집에 가도록 해
요. 이 차는 이제 달린다는 것 자체가 무리예요. 배기관이랑
냉각기만 새는 게 아니에요. 차 자체가 바퀴 달린 양로원이
나 마찬가지라고요."
　아빠가 중얼거렸다.
　"제기랄!"
　정비공이 말을 이었다.
　"할 수 없어요. 자동차라는 건 늘 고장 나기 마련이죠. 하

지만 말도 다리가 부러질 때가 있으니 너무 상심 마세요. 그 어떤 것도 믿을 수는 없어요. 별별 일이 다 일어날 수 있으니까요."

아빠가 짜증을 냈다.

"별별 일이 다 일어난 것은 아니지 않소. 그러지 말고 어떻게 배기관만이라도 손봐 줄 수 없겠어요?"

"뭐 땜질이야 좀 해 드릴 수 있죠. 하지만 얼마나 오래갈지는 보장 못해요. 아무 때나 자기가 멈추고 싶을 때 멈춰 버릴 것 같아 보이니까요."

아빠가 내게 말했다.

"너희는 가서 커피나 마시고 있어라. 난 여기서 도울 테니까. 그래야 일도 빨리 끝나고, 수리비도 좀 적게 들 테지."

마을에는 바리가 하나 있었다. 볼프강과 나는 청량음료와 '나키스'라고 하는 뜨겁게 데운 소시지를 시켰다.

볼프강이 말했다.

"네 주소!"

나는 볼프강한테 볼펜을 받아 냅킨에 주소를 적어 주었다.

볼프강은 자기 주소를 건넸다.

내가 물었다.

"호헨록슈테트! 이거 도시 이름이야?"

볼프강이 미소를 띠었다.

"아주 작은 곳이야. 핀란드 마을처럼 아주아주 작아."

내가 또다시 물었다.

"나한테 편지 쓸 거야?"

볼프강이 고개를 끄덕였다.

"독일에 가면 잊어버릴걸."

볼프강이 고개를 흔들었다.

"절대 잊지 않을 거야."

나는 어깨를 으쓱해 보였다. 사실 아무래도 상관은 없었다. 나는 함메르페스트와 아빠 생각을 하다가 문득 볼프강은 이제 노드캅까지 또다시 혼자서 히치하이킹을 하며 가야겠구나 싶었다. 모닥불을 피워 놓고 함께 저녁 시간을 보내는 일도, 함께 노래를 부르는 일도 더 이상은 없으리라.

더 이상은. 이제 남은 일이라고는 이별을 알리는 것뿐이었다.

아빠가 마음을 굳힌 표정으로 빠르게 바리 안으로 걸어 들어오는 것이 보였다. 아빠는 판매대에서 커피를 사 들고 볼프강 옆에 앉았다.

"이제 우리는 이만 각자 자기 갈 길로 가야 할 것 같네. 자네는 히치하이킹을 해서 계속 북쪽으로 가고, 우리는 집으로 돌아갈 거야."

볼프강이 나를 바라보았다.

나는 침을 한 번 꿀꺽 삼키고 통역했다.

"우리는 이제 집으로 돌아갈 거래."

나는 볼프강에게 그렇게 말한 뒤에도 도무지 믿을 수가 없어서 아빠한테 되물었다.

"정말이에요, 아빠? 우리 이제 정말 집으로 가는 거예요?"

"그래, 우린 다시 남쪽으로 갈 거야. 하지만 곧장 집에 가지는 않을 거란다. 그 전에 네게 내 고향을 보여 주고 싶다. 마침 가는 길목이니까. 차가 카야니까지만 가 주면 정말 큰 행운이지. 거기 가면 새 배기관을 구해 줄 만한 사람을 몇 명 알거든. 그 사람들은 자동차라면 훤하지. 차를 더 이상 고칠 수 없다고 하면 기차를 탈 거야."

트럭 한 대가 바리 주차장으로 들어오는 게 보였다. 운전사가 트럭에서 내리더니 바리 안으로 들어왔다. 운전사는 커피와 빵을 사서 우리 옆 자리에 와 앉았다.

아빠가 인사를 건넸다.

"안녕하시오?"

트럭 운전사는 천천히 빵만 씹었다. 잠시 뒤 빵을 다 삼킨 운전사가 아빠의 인사에 답했다.

"그쪽도 안녕하시오?"

아빠가 물었다.

"어쩌면 국경을 넘어갈 수도 있습니까?"

트럭 운전사가 대답했다.

"어쩌면은 아니오."

아빠가 대꾸했다.

"아, 그냥 혹시나 하고 물어본 거요."

트럭 운전사가 쩌렁쩌렁한 목소리로 말했다.

"내 말뜻을 좀 생각해 보구려. 나는 '어쩌면'은 아니라고 했소. 100프로 국경을 넘을 작정으로 차를 몰고 있단 말이오. 그런데 그건 왜 물어요?"

"여긴 독일에서 온 우리 친군데 노드캅에 가고 싶어 해요. 그런데 내 차는 냉각기, 배기관 할 것 없이 죄다 고장 났다오. 그래서 우리는 여기서 여행을 포기할 수밖에 없게 됐지 뭐요."

"허, 독일 사람을 친구로 뒀다? 그 친구랑 말은 대체 어떻게 해요?"

"손이랑 발로 하지요."

아빠가 웃음을 터뜨렸다.

트럭 운전사가 말했다.

"나는 손으로는 핸들을 잡아야 하고, 발로는 액셀러레이터를 밟아야 해요. 액셀을 밟아 주지 않으면 엔진에서 음악 소리가 안 들리니까."

트럭 운전사는 커피를 벌컥벌컥 들이마셨다. 그러고는 또다시 빵 한 입을 베어 물며 볼프강을 위에서 아래로, 그리고 아래에서 위로 찬찬히 훑었다. 트럭 운전사는 빈 커피 잔을 가리키며 판매대 쪽에 대고 고갯짓을 했다. 볼프강이 벌떡 일어서더니 커피 한 잔을 사서 트럭 운전사에게 가져다주었다.

트럭 운전사가 싱긋 웃으며 말했다.

"말이 잘 통하는 것 같소. 이 친구가 원하면 태워 주리다."

내가 볼프강에게 외쳤다.

"널 태워 준대! 북극해를 볼 수 있게 됐어!"

볼프강이 미소 지으며 고개를 끄덕였다. 볼프강은 자기가 왜 커피를 사 와야 했는지 진작 알고 있었다.

트럭 운전사는 커피 잔을 단숨에 비우더니 일어섰다.

"자, 가 보자고."

볼프강이 아빠에게 손을 내밀며 말했다.

"키토스!"

아빠는 한 손은 볼프강의 손을 잡고, 다른 한 손은 볼프강의 어깨에 올리며 말했다.

"만나서 정말 반가웠네."

볼프강이 이번에는 내 손을 잡으며 그윽한 초록 눈동자로 나를 바라보았다.

트럭 운전사가 재촉했다.

"그만 갑시다!"

아빠가 트럭 운전사에게 볼프강을 태워 줘서 고맙다고 인사하자 트럭 운전사가 자기는 이제 그만 떠나고 싶으니까 오만 가지에 대한 감사 인사는 제발들 빨리 좀 끝내라고 그르렁댔다.

아빠와 나는 배기관에 붕대를 칭칭 감아 놓은 우리 차로 다시 돌아왔다.

세상 끝, 함메르페스트

우리는 또다시 시냇가에서 하룻밤을 보냈다. 텐트를 치고 모닥불을 피운 뒤 아빠와 나는 송어 낚시를 했다. 아빠는 커다란 송어 한 마리를 잡자 낚시를 그만두었다. 나는 낚싯줄 던지는 데 재미가 들려 계속 낚시를 했고, 작은 나비 모양의 미끼를 가지고 송어도 두 마리나 잡았다. 송어들은 가짜 나비를 잡아먹으려고 물 위로 뛰어올랐다. 아빠는 송어들을 꼬챙이에 끼워 굽기 시작했다.

아빠가 입을 열었다.

"트럭 운전사가 볼프강을 태워 주겠다고 그렇게 선뜻 나설 줄은 몰랐구나."

"왜요? 잘생겼잖아요!"

"그거야 너한테 중요하지 트럭 운전사한테는 별 상관 없어."

"볼프강은 인상도 선하잖아요. 남한테 겁을 주는 얼굴이 아니라고요."

"그건 그렇지. 그리고 착한 것도 사실이고. 내가 하려던 말은…… 독일 사람들은 전쟁 이후 라플란드에서 환영받지 못한다는 거야."

"왜요?"

"역사 시간에 안 배웠니?"

나는 고개를 흔들었다.

"안 배웠어요. 전 제2차 세계 대전에 대해서는 아는 게 별로 없어요. 핀란드와 독일이 각각 소련을 상대로 전쟁을 했다는 것 말고는요."

"그래. 핀란드는 독일이 도와주기를 바랐지. 그리고 실제로 독일 군이 오긴 왔단다. 하지만 그건 독일도 소련과의 전쟁에서 핀란드의 도움을 바랐기 때문이야. 두 나라는 3년 동안 함께 소련과 맞서 싸웠지. 3년 뒤 핀란드는 독일과 맺은 조약을 끝내고 독일 사람들을 내몰았어. 그러자 독일 군은 물러가면서 로바니에미와 다른 라플란드 마을을 불사르고, 전쟁 때 흔히 볼 수 있는 여러 가지 나쁜 짓을 저질렀지."

"하지만 볼프강은 아무 잘못도 없잖아요. 전쟁이 벌어지고 있었을 때 볼프강은 어린애였다고요."

"그래, 네 말이 맞다. 전쟁은 다른 세대가 치렀지. 그리고 독일 군 가운데에도 전쟁을 하기 싫었던 사람들이 아주 많았을 거야. 하지만 우리의 원수라는 의식은 그렇게 만들어지는 거야. 목숨이 위험했을 때 들었던 외국 말을 듣고, 그때 봤던 사람들과 비슷하게 생긴 사람을 보면 자기도 모르게 두려움과 적개심이 생기지."

"하지만 아빠도 볼프강을 좋아하셨잖아요?"

아빠가 고개를 끄덕였다.

"그래, 난 볼프강이 좋았다. 나는 전쟁 때도 독일 사람들과 문제가 없었어. 나야 아래쪽 카렐리야에 있었으니까. 나는 독일 사람을 동지로도, 적으로도 만난 적이 없어. 어쨌거나 볼프강의 용기는 알아줘야 할 것 같다. 제 아버지들이 그토록 나쁜 짓을 많이 저지른 곳을 혼자서 히치하이킹으로 여행하다니 말이야."

"전쟁이 끝난 지 벌써 15년이나 됐잖아요. 게다가 볼프강은 아버지가 한 명이고, 그 아버지는 아마 이곳에 와 본 적도 없을 거예요. 그렇게 많은 독일 사람들이 죄다 핀란드에 올 수는 없으니까요."

아빠가 고개를 끄덕이더니 다시 말을 이었다.

"전쟁을 잊어버리는 데 15년이란 세월은 충분치 않단다. 전쟁을 직접 겪은 사람은 평생 잊으려야 잊을 수 없고."

나는 전쟁 이야기를 더 듣고 싶었다. 아빠는 전쟁에 직접 나설 수밖에 없었다. 나는 늘 아빠가 겪은 전쟁에 대해 물어보고 싶었지만, 아빠가 전쟁 이야기를 입에 담은 적이 단 한 번도 없었기 때문에 감히 물어볼 용기가 나지 않았다. 아빠와 함께 모닥불 앞에 앉아 불꽃을 보고 있는 순간에도 용기가 없기는 마찬가지였다. 나는 아빠가 전쟁의 기억을 떠올리고 마음 아파할까 봐 겁이 났다. 그래서 그냥 이렇게만 물었다.

"아빠 생각에는 볼프강의 아버지가 전쟁 중에 핀란드에 왔을 것 같아요?"

"글쎄다, 나야 모르지. 네가 물어보지 그랬니? 어쨌거나 넌 3년씩이나 독일어를 배우지 않았니?"

"독일 사람들이 라플란드에서 무슨 짓을 저질렀는지 몰랐어요. 설사 알았다고 해도 볼프강한테 그건 물어보지 못했을 거예요. 분명 자기 아버지에 대해 부끄러워했을 테니까요."

"그랬을지도 모르지. 자식들은 언제나 부모가 저지른 잘못을 부끄러워하니까."

"부모님은요? 부모님도 자식들이 저지른 실수를 부끄러워해요?"

"가끔은."

아빠가 자리에서 일어서며 덧붙였다.

"하지만 자식들이 저지르는 실수는 천지가 개벽할 만큼 큰 잘못인 경우가 없지."

모닥불이 꺼지자 우리는 텐트로 들어갔다. 나는 잠을 이루지 못하고 부모와 자식에 대해, 그리고 잘 알지도 못하는 전쟁에 대해 생각했다. 그러다 내 생각은 어느새 아빠가 함메르페스트로 가는 길에 말해 주겠다고 약속했던 아빠의 비밀로 옮아가 있었다. 이제 우리는 집으로 돌아가고 있었지만 아빠는 아직 자신의 비밀을 말해 주지 않았다. 하지만 나 또한 아빠에게 무슨 비밀이냐고 묻지 않았다. 나한테는 그것 역시 물어볼 용기가 없었다.

다시 차를 타고 달리기 시작했을 때 나는 카야니에 산다는 아빠의 가족들에 대해 생각하기 시작했다.

나는 아빠의 어린 시절에 대해 아는 것이 별로 없었다. 아빠는 언젠가 자기 가족이 아주 가난했다는 말을 한 적이 있었다. 지금 우리보다 훨씬 더 가난했다고. 아빠는 남동생 세 명과 여동생 두 명이 있는데 다들 아직 자기들이 태어나고 자란 도시에 살고 있었다. 아빠의 가족은 몇 번 우리 집에 온 적이 있었지만 내가 워낙 어릴 때라 기억나는 게 별로 없었다. 나는 카야니에 가 본 적이 한 번도 없었다. 내가 아는 아빠의 가족은 우리 집 안방에 걸린 사진 속 얼굴들이 전부였다.

아빠의 부모가 가운데 앉아 있고, 이미 어른이 된 자식들은 뒷줄에 서 있었다. 할아버지는 피곤에 지치고 뻣뻣한 모습이었고, 할머니는 엄격해 보였다. 두 분 모두 꼬부랑 할머니 할아버지처럼 보였지만, 아빠는 두 분이 쉰 살도 안 됐을 때 찍은 사진이라고 했다. 할머니는 마흔여덟, 할아버지는 마흔아홉 살이었단다. 두 분은 그 가족사진을 찍고 얼마 안 가 돌아가셨다.

사진 속의 아빠는 군복을 입고 있었다. 전쟁 때 찍은 사진이었기 때문이다. 아빠가 며칠간 휴가를 받아서 몇 년 동안이나 보지 못한 병든 부모를 찾아왔을 때였다.

아빠는 혼자서 밥벌이를 하기 위해 열세 살 때 집을 나와야 했다. 그 뒤 아빠는 배에서 일하며 이곳저곳을 많이 떠돌아다녔다. 나는 이번 여행이 아빠가 젊어서 가 보았던 함메르페스트에 다시 한 번 가 보고 싶어서 비롯됐을 거라고 생각했다.

내가 아빠한테 말했다.

"함메르페스트나 할머니, 할아버지에 대한 얘기 좀 해 주세요."

아빠는 말없이 차만 몰았다. 나는 아빠를 조르지 않았다. 우리는 냉각기의 물을 보충하려고 호숫가에 멈췄다. 아빠가 주위를 둘러보더니 입을 열었다.

"여기서 잠시 쉬어 가자꾸나. 네가 원하면 산책을 해도 좋고. 하지만 우선 커피부터 끓이고 뭘 좀 먹도록 하자."

아빠는 커피를 마신 뒤 담배를 피워 물었다.

"저기 어디서 종달새 소리가 들리는구나. 네 눈에는 새가 보이니?"

나는 종달새가 날개를 퍼덕이며 하늘을 날고 있는지 찾아보려고 눈을 깜빡이며 눈부신 태양을 올려다보았다. 내가 막 종달새를 발견하고 아빠에게 가르쳐 주려고 할 때 아빠가 입을 열었다.

"우리 부모님은 둘 다 종이 공장에서 일하셨단다. 중노동인 것은 말할 것도 없고 품삯도 형편없었지. 식구들을 제대로 먹여 살리기도 힘들 정도였으니까. 두 분 다 공장에서 유해 물질을 다뤄야 했어. 유독성 가스를 들이마시고, 유독성 용액에 손을 담갔지. 공장에서 나오는 독은 땀에 전 두 분의 피부에 그대로 스며들었단다. 건강에 아주 해로운 일이었지. 공장에서 일하는 사람들을 보호하기 위한 규칙 같은 것은 없었어. 설사 그런 규칙이 있었다 해도 아마 지켜지지 않았을 거야. 아버지는 안 그래도 그전부터 폐가 나빴는데, 공장 일을 시작하면서 더 나빠졌지. 어머니도 병이 나셨고. 중노동과 점점 쌓여 가는 피로 그리고 영양 결핍이 어머니를 점점 더 허약하게 만들었단다. 어머니는 가뜩이나 심장이 약했는데 거기다 결핵까지 걸려 버렸지. 하긴 두 분 탓도 조금은 있어. 둘 다 담배를 엄청 피우셨거든. 담배마저 없으면 공장 일을 견디지 못할 거라고 하시면서 말이야.

나는 어렸을 때 공장에 몇 번 가 본 적이 있단다. 냄새가 어찌나 고약하던지 쓰러지지 않으려면 늘 휴지나 소맷자락으로 코를 막아야 했어. 그곳에서 일하는 모든 노동자들이 만성 기침과 호흡 질환을 앓았지. 너 나 할 것 없이 그 지독한 냄새 속에서 만날 아홉 시간을 견뎌야 했어. 거기서 말라비틀어진 빵을 먹고, 커피 대신 볶은 호밀가루를 묽게 타서 마셨지. 나는 공장이 너무나 싫었어. 그래서 집을 나온 거야. 집에 있다가 결국 종이 공장에 들어가고 싶지 않았거든. 다른 일자리라고는 찾아보기 힘들었으니까. 나처럼 키 작은 사람한테는 더더욱 힘들었지.

아버지, 그러니까 네 할아버지는 자식들과 별로 말을 하지 않았단다. 언제나 너무 피곤하고 아파서 우리한테 특별히 관심을 보일 수가 없었지. 우리가 무슨 생각을 하는지, 무엇을 하는지 물어보거나, 우리더러 뭘 어떻게 해야 한다고 가르칠 힘이 남아 있지 않았던 거야. 아버지는 우리가 목숨을 부지할 수 있도록 돈을 버는 일만으로도 힘에 부치셨으니까. 더 이상은 우리를 위해 뭘 할 수가 없었던 거야.

크리스마스가 되면 아버지는 당신이 직접 담근 술을 드셨는데, 그러면 혀가 부드러워지는지 우리한테 이야기를 들려주셨지.

라플란드 사람에 대해서나, 언젠가 아버지가 들은 적이 있는 오래된 영웅 이야기나 옛날이야기 같은 것들을⋯⋯. 간혹 자기 자신에 대해 이야기하실 때도 있었어. 아버지가 젊었을 때 말이야. 아니면 어머니를 어떻게 만났는지 들려주실 때도 있었고. 하지만 어머니는 그때마다 특유의 엄격함으로 이렇게 말씀하시곤 했어.

'그런 건 애들이 알 필요가 없어요. 기억나는 동화나 들려주세요.'

그러면 아버지는 한숨을 내쉬며 고개를 끄덕인 뒤 한참 동안 입을 다물고 계셨지. 그러다가 불만스런 목소리로 이렇게 말씀하셨어.

'나더러 애들한테 동화를 들려주라고? 애들이 동화에 나오는 이야기를 믿을 수나 있을 것 같아? 애들 눈에도 세상이 어떤지 다 보일 텐데?'

그러다 갑자기 아버지의 낯빛이 환해졌어. 고개를 치켜든 아버지의 눈에서는 젊은이처럼 빛이 뿜어져 나왔지. 그러더니 이러시는 거야.

'애들아, 언젠가는 모든 게 달라질 거야. 언젠가 우리 모두 함메르페스트에 가자꾸나.'

나는 너무 어려서 함메르페스트가 어디에 있는지는커녕 그게 정확히 뭔지도 몰랐어. 아버지가 설명해 주셨지.

'함메르페스트는 아주아주 북쪽에 있단다. 완전히 북쪽 끝이라 그 뒤에는 바다밖에 없고 그러고는 세상이 끝난다고 해도 전혀 놀랄 일은 아니야. 그 이상은 아무도 올라가지 못하거든. 하지만 더 이상 올라갈 필요도 없지. 왜냐하면 함메르페스트는 지상의 낙원이거든. 그곳은 여름에는 붉게 빛나고, 겨울에는 맑은 영혼처럼 하얗게 변하지. 그리고 함메르페스트에는 정말로 맑은 영혼이 깃들어 있단다. 거긴 불공평도, 배고픔도 없거든. 너무 많지도, 너무 적지도 않은 곳이지. 게다가 향기는 또 얼마나 좋은지! 여름에는 집집마다 붉은 덩굴장미가 피고, 겨울에는 세상에서 가장 새하얀 눈이 빛을 내지. 그곳에는 공장이라고는 없어. 단 한 개도. 바다 냄새만 가득하지. 여름이면 남쪽에서 북극해로 날아온 철새들이 하늘을 수놓는단다. 철새들은 알을 낳는 데 그보다 더 좋은 곳은 세상 어디에도 없다는 것을 알기 때문에 육지의 끝으로 날아오지.'"

아빠가 입을 다물자 내가 질문을 던졌다.

"그게 정말이에요? 함메르페스트가 정말 그래요?"

아빠가 말했다.

"그건 동화였어. 한순간만이나마 아버지한테 삶의 희망을 품게 해 준 동화. 어쩌면 아버지 자신도 믿지 않았을는지 몰라. 그저 우리 자식들한테 용기를 주려고 한 이야기였을지도 모르지. 아버지가 어찌나 자주 함메르페스트 여행을 꿈꾸셨던지 나는 그 도시를 꼭 보아야겠다고 마음먹었지. 하지만 나 역시 살아생전에는 못 가 볼 것 같구나."

내가 대꾸했다.

"못 가기는 죽어서도 마찬가지예요."

아빠의 과거

아빠가 입을 열었다.

"이제 카야니까지 얼마 안 남았다."

"고향에 가서 기쁘세요?"

"형제들을 볼 수 있어서 기쁘구나."

아빠의 막내 여동생 이름은 힐마였다. 힐마 고모는 칼레, 유카, 미코 세 명의 아들이 있었다. 칼레는 열아홉, 유카는 열일곱, 미코는 열네 살이었다.

우리가 나타나자 힐마 고모는 손뼉을 치며 소리를 질렀다.

"아직도 기적이란 게 있네! 올리 오빠가 오다니! 게다가 자기 딸까지 데리고 말이야!"

힐마 고모는 우리를 꼭 껴안으며 동시에 세 아들에게 명령을 내렸다.

"유카는 사우나를 지펴! 미코는 삼촌들한테 전화해서 큰 삼촌이 왔다고 전하고, 칼레 너는 얼른 가서 장을 좀 봐 와! 갈은 소고기 1킬로그램하고 훈제 연어 500그램, 싱싱한 청어랑 토마토, 양상추 그리고 발칸 소시지 200그램하고, 치즈도 좋은 걸로 500그램 사 오고. 아 참, 과자랑 생크림 케이크도 잊으면 안 된다!"

아빠가 고개를 내저으며 힐마 고모를 말렸다.

"힐마, 너 미쳤니? 그 많은 걸 누가 다 먹는다고?"

"누가 먹긴 누가 먹어요? 우리가 다 먹죠. 두고 보세요, 기나긴 저녁이 될 테니까. 우리가 마지막으로 본 게 언제죠? 10년 전이던가 15년 전이던가? 어쨌거나 정말 오래됐잖아요. 이럴 때는 푸짐하게 먹어야 한다고요."

힐마 고모와 아빠는 서로 닮은 데가 없었다. 아빠는 머리 색깔이 어두웠는데 고모는 금발이었다. 아빠는 말랐고 고모는 뚱뚱했다. 아빠는 심각한 편인 반면 고모는 웃음을 멈추지 않았다. 아빠는 말이 거의 없었고 고모는 말을 멈추는 법이 없었다. 나는 고모가 하는 이야기를 듣는 게 재미있었다. 고모는 뭐든지 재미있어 하는 사람 같았다. 고모는 자기가 만날 상만 타는 행운아였던 것처럼 지금까지 살아온 이야기를 즐겁게 들려주었다.

"칼레는 첫 남편 사이에서 태어났어. 유카는 두 번째 남편 사이에서, 그리고 미코의 아빠는 결혼하러 목사님 앞에 끌고 갈 필요도 없었지. 사랑을 즐기더니 내가 임신했다는 걸 알자마자 그대로 줄행랑쳐 버렸거든. 더 잘된 건지도 몰라. 내 손이 금은방도 아닌데 금반지만 주렁주렁 끼면 뭐 하겠니? 일할 때 거치적거리기나 하지."

힐마 고모는 아들들과 방 세 칸짜리 집에서 살았는데, 벽에는 수채화와, 유화, 스케치 등 온갖 종류의 그림이 잔뜩 걸려 있었다. 모두 힐마 고모가 그린 거였다. 힐마 고모는 사랑의 시련을 겪던 중 문득 그림을 그리면 좋겠다는 생각을 하고 회화 반에 들어갔다고 한다. 그런데 그림 그리는 게 어찌나 재미있던지 이제 남자들은 거들떠보지도 않는단다. 고모는 외롭다고 느껴지면 앉아서 그림을 그린다고 했다.

힐마 고모의 그림은 색깔이 화려했다.

우리는 밥을 먹기 전에 사우나를 하러 갔다. 힐마 고모, 나, 아빠 그리고 세 명의 조카가 줄지어서 차례로 사우나로 들어갔다.

힐마 고모는 사우나에서는 아무 말도 하지 않았다. 가끔 바가지로 뜨거운 돌 위에 물을 부어 뜨거운 김이 우리의 숨을 막아 버리면 기분 좋게 신음 소리를 낼 뿐이었다. 차가운 물로 샤워를 할 때 힐마 고모는 휘파람을 불었고, 몸을 닦고 옷을 입으면서 이렇게 말했다.

"자, 그럼 다시 한 번 시작해 볼까?"

나는 그것이 다시 말을 하자는 뜻인지, 아니면 다시 일을 시작하자는 뜻인지 잘 구분이 되지 않았다. 어쨌거나 힐마 고모는 두 가지를 다 했다. 고모는 식탁을 차리며 아들들에 대한 이야기를 늘어놓았다.

"칼레 걱정은 안 한단다. 칼레는 목수 일을 배우고 있고, 손재주도 있어. 유카는 아직 학교에 다니고. 애가 게을러빠지긴 했지만 그래도 학교에는 꼭 다녀야지. 그 애는 아무것도 하지 않고 노는 걸 좋아해. 스쿠터나 몰면서 건달처럼 사는 걸 꿈꾸지. 그 애는 고기 완자가 알아서 제 입에 떨어져 주길 바라는 애야. 아니면 제 엄마가 구워서 갖다 바치길 기다리든지."

힐마 고모는 그렇게 말하면서 프라이팬에 있는 작은 고기 완자들을 뒤집었다.

내가 물었다.

"미코는요?"

"미코! 글쎄, 미코는……. 그 애가 칼레처럼 될지, 유카처럼 될지, 아니면 제 아빠처럼 될지는 두고 볼 일이야. 물론 하느님이 보우하사 제발 제 아빠처럼은 되지 않아야겠지만. 미코의 아빠는 내가 사귄 남자들 가운데에서 가장 손재주가 없는 남자였어. 그렇다고 똑똑하지도 않았고. 눈은 크고 예뻤지만 그 예쁜 눈으로 뭘 제대로 들여다볼 줄을 몰랐지. 그나저나 너는? 넌 나중에 뭘 할 거니?"

"전 아직 학교에 다녀요. 아비투어(대학 입학 시험 : 옮긴이)를 보고 싶어요……."

"그래, 잘 생각했다! 남이 뭐라든 상관하지 말고 꼭 학교를 끝까지 마쳐라. 그러고 나서 의학을 전공해. 그러면 네 화덕 안의 빵이 다른 사람들 빵보다 훨씬 더 클 테니. 너, 사람들이 얼마나 많이 아픈 줄 아니? 의사들은 언제 어디서든 필요하다고. 물론 나야 의사한테 절대 가지 않지만 말이다. 그어떤 의사한테도 내 돈은 어림없어. 하지만 내 나이쯤 되는 사람들이 아프다며 '오오, 아아!' 하고 신음 소리 내는 걸 내가 어디 한두 번 들은 줄 아니? 무릎이 쑤신다, 위가 따끔거린다, 가슴이 색색거린다, 심장이 콕콕 찔린다. 그래, 그렇다니까. 얘, 나 좀 따라오렴. 아무래도 식탁이 하나 더 필요할 것 같다. 애들 방에 가서 같이 하나 내오자꾸나."

삼촌 두 명이 부인들과 함께 오고, 또 다른 고모 한 명도 저녁을 먹으러 왔다. 고모의 남편은 세상을 떠나고 없었다. 아빠 바로 아래 동생은 타피오 삼촌이었다. 타피오 삼촌은 미소만 지을 뿐 별로 말이 없는 조용한 사람이었다. 형제들 가운데 누가 무슨 말을 하면 타피오 삼촌은 신중한 얼굴로 고개를 끄덕이며 이렇게 말했다.

"그래, 그렇게 말할 수도 있겠지."

타피오 삼촌의 부인 이름은 카티였다. 카티 숙모는 우리 둘한테 무슨 비밀이라도 있는 것처럼 내게 계속해서 두 눈을 깜빡였다.

쿨레르보 삼촌은 말하기를 좋아했고, 재미있는 이야기를 많이 늘어놓았다. 쿨레르보 삼촌의 부인은 자기 남편이 세상에서 가장 잘난 사람인 것처럼 자랑스러워하며 저녁 내내 남편에 대한 감탄사를 연발했다.

"아이, 우리 남편은 정말 재미있다니까!"

큰 고모 이름은 살리였다. 살리 고모는 저녁 내내 목사와 결혼해서 헬싱키에 살고 있다는 딸 이야기만 했다.

"가족 가운데 목사가 한 명 있는 건 정말 좋은 일이야."

"그럼요, 좋고말고요. 멀리 떨어져 살기만 한다면 말이에요."

힐마 고모의 대꾸에 사람들이 모두 웃음을 터뜨렸다.

살리 고모가 이마를 찌푸리며 말했다.

"이런, 험담꾼들 같으니라고!"

쿨레르보 삼촌이 화제를 바꿔 아빠에게 질문을 던졌다.

"그나저나 올리 형, 우리를 만나려고 온 거야, 아니면 어디 가는 길이었어?"

아빠 이름은 원래 올라비였지만 북쪽에 사는 친척과 형제들 사이에서는 그냥 올리로 통했다.

아빠가 나를 데리고 함메르페스트에 가려고 했다는 말을 하자 삼촌과 고모들이 배꼽을 잡고 깔깔댔다.

힐마 고모가 외쳤다.

"함메르페스트에 가려고 했다고! 푸하하……. 오빠, 형편이 진짜 안 좋은가 보네."

쿨레르보 삼촌이 물었다.

"왜. 더 이상 가망이 없어?"

살리 고모도 한마디 했다.

"아니면 로또에 당첨돼서 여행 다닐 돈이 생겼든지."

아빠가 웃으면서 고개를 저었다.

"둘 다 아니야. 난 예전부터 함메르페스트에 한 번 가 보는 게 꿈이었어. 그래서 떠났던 거야."

힐마 고모가 대꾸했다.

"알아. 우리 집 식구들이야 죄다 한 번씩은 거기 가 보고 싶어 했지. 사정이 진짜진짜 안 좋을 때면 말이야."

타피오 삼촌이 힐마 고모의 말에 맞장구를 쳤다.

"그렇지. 그렇다고 볼 수 있지!"

나는 어리둥절한 표정으로 삼촌과 고모들의 얼굴을 두리번거렸다.

힐마 고모가 재미있다는 듯이 말했다.

"우리가 지금 무슨 얘기를 하는지 애한테도 말을 좀 해 줘야겠는데? 애가 눈이 왕방울만 해졌어."

힐마 고모는 이야기를 계속했다.

"함메르페스트는 말이지, 우리 형제들이 장난칠 때 하는 말이었어. 우리 가운데 누구 하나가 어떤 이유로든 일이 잘 풀리지 않고 사정이 좋지 않으면 우리는 늘 '자, 함메르페스트로 출발!' 하고 기운을 돋웠지. 그건 우리 아버지가 늘 하시던 말씀이었어. 마술의 주문을 외우듯 말이야. 후유, 함메르페스트와 우리 아버지! 아버지는 일찍 돌아가셨어. 하느님, 우리 아버지를 축복하소서. 평생 뼈를 깎는 중노동에 시달린 분이야."

내가 입을 열었다.

"함메르페스트는 아주 아름다운 곳인가 봐요."

힐마 고모가 대답했다.

"꿈처럼 아름답겠지! 하지만 꿈은 너무 가까이 가서 보면 안 돼. 오빠랑 너, 적당한 데서 마침 잘 돌아선 거야."

고모와 삼촌들은 서로 농담을 주고받으며 함메르페스트에 가야 할 적당한 시기, 즉 형편이 나쁠 때 가야 하는지 아니면 형편이 좋을 때 가야 하는지를 놓고 입씨름을 벌였다. 아빠와 형제들은 어린 시절을 이야기했고, 나는 그 말을 들으며 아빠한테서 들은 말을 떠올렸다. 찢어질 듯한 가난, 어린아이 때부터 해야만 했던 고된 일들. 나는 그들이 느꼈을 배고픔을 상상했다. 아빠와 형제들은 지금 잘 차려진 식탁 앞에서 이야기하고 있기에 옛날에 대한 회상이 즐겁게 들렸다. 종종 "정말 힘든 날들이었지." 또는 "정말 어떻게 그 시절을 견뎠는지." 하는 말만 웃음소리에 섞여 들릴 뿐이었다. 하지만 그것도 잠시, 쿨레르보 삼촌이 또다시 재미있는 이야기로 사람들을 웃겼고 그러면 숙모는 남편의 말에 감탄했다.

"아이, 이이는 정말 재미있다니까!"

살리 고모가 아빠에게 물었다.

"오빠, 아일리랑 페카도 만날 거야? 아일리의 아들 말이야."

갑자기 침묵이 흘렀다. 이번에는 힐마 고모조차 입을 다물었다. 나를 바라보는 아빠의 볼이 붉게 달아올랐다. 나는 미소를 지었다.

아빠는 당황한 것처럼 보였다. 아일리는 아빠가 젊었을 때 좋아한 여자인가 봐. 아들이 한 명 있고. 내 상상력에 발동이 걸렸다. 그리고 그 아들 이름은 페카고. 우리 집에도 페카가 있는데. 아일리의 아들을 기억하기 위해서였을까? 아빠의 옛 애인 이름을 내 이름으로 삼지 않은 게 다행이야. 내 이름이 아일리였다면 왠지 마음에 들지 않을 것 같았다.

아빠가 침묵을 깨고 나직이 대답했다.

"어쩌면."

힐마 고모가 말했다.

"내가 커피를 좀 끓일게. 레나, 같이 부엌에 가서 케이크 좀 잘라 주련?"

힐마 고모가 부엌에서 끊임없이 이야기를 해 대는 통에 나는 입도 뻥긋할 수 없었다. 이런 식이었다.

"내가 작은 숟가락을 어디에 뒀더라? 어디 보자, 찬장에 또 뭐가 있나. 너 케이크를 정말 예쁘게 자르는구나……."

나는 아일리가 누구인지만 물어보고 싶었다. 하지만 힐마 고모는 아예 그런 질문이 나오지 않도록 하려는 것 같았다. 상관없었다. 아빠한테 물어보면 그만이니까.

그러나 나는 저녁 내내 사촌 형제들과 노느라 정신이 팔려 아빠에게 물어본다는 것을 깜빡하고 말았다. 나는 유카와 미코와 함께 그 애들 방에서 카드놀이만 했다.

다음 날 아침 아일리와 페카에 대한 생각은 내 머릿속에 남아 있지 않았다. 우리는 힐마 고모의 여름 집을 방문했다. 마당이 멋진 빨갛고 조그만 나무 집이었다. 집 주위에는 온통 장미들이 자라고 있었다. 그곳이 함메르페스트 같다는 생각이 들었다. 집 가까이에는 연못도 있었다. 힐마 고모는 그

걸 작은 호수라 했고, 아빠는 그저 웅덩이에 불과하다고 했다. 나는 유카, 미코와 함께 수영을 하러 갔다. 우리는 일광욕을 했고, 숲 속을 걸었고, 먹고 마시면서 자기 집 이야기를 했다. 갑자기 엄마, 할머니, 형제들에 대한 그리움이 밀려들었다. 비르기트도 보고 싶어졌다. 나는 코콜라의 거리들을 생각하며 보고 싶은 사람, 예를 들면 페르 에릭과 우연히 맞부딪치는 상상을 했다. 하지만 페르 에릭의 모습은 금세 사라져 버렸다. 이제 페르 에릭은 아주 멀게 느껴졌다. 지금쯤 노드캅에 이르러 북극해를 사진 찍고 있을 볼프강이 훨씬 더 가깝게 느껴졌다.

그날 저녁 아빠와 함께 아빠가 태어나고 자란 도시의 구석구석을 돌아보고 있을 때였다. 길 건너편에 서 있는 웅장하고 아름다운 목조 저택이 내 마음을 사로잡았다. 나는 발걸음을 멈추고 그 건물을 가리키며 물었다.

"아빠, 저기에 가 봐요. 저 집을 자세히 보고 싶어요. 저기 사는 사람들을 아세요?"

아빠의 입에서 갑작스런 말이 튀어나왔다.

"너한테 할 말이 있다. 난 전에 결혼을 한 번 했었어."

내가 소리쳤다.

"그 라플란드 소녀랑요?"

아빠가 고개를 저었다.

"아니, 이곳 카야니 출신 소녀였어. 아니, 소녀가 아니라 그때는 벌써 처녀였지. 그 사람이 저 집에 살았단다. 지금도 마찬가지고."

아빠는 아무 말 없이 계속해서 저택과 거리를 유지하며 한참 동안 걸었다. 나는 아빠를 따라 걸으며 언젠가 아빠와 엄마가 밤에 나누던 이야기를 들었다고 말했다. 그리고 이렇게 물었다.

"그게 아빠가 저랑 형제들한테 숨기고 싶었던 거예요? 그게 뭐 어떻다고 그러세요?"

아빠가 다시 말문을 열었다.

"우리한테는 아들이 한 명 있었어."

"죽었어요?"

"아니, 난 그 애를 한 번도 찾아가 본 적이 없어. 그게 끔찍하고 부끄러운 거야. 난 그 애가 어떻게 생겼는지도 모른단다."

내가 말했다.

"이해해요."

물론 나는 아무것도 이해하지 못했다.

또다시 침묵이 흘렀다. 얼마 뒤 아빠는 첫 번째 부인 아일리와 자신에 대한 이야기를 들려주기 시작했다. 아일리의 엄마가 결혼을 반대했단다. 아일리는 인문계 고등학교를 나와 대입 시험인 아비투어까지 통과한 반면, 아빠는 고작 4년밖에 학교에 다니지 않았으니까. 아일리의 아버지는 돌아가시고 안 계셨다. 아일리는 엄마와 두 명의 여동생과 함께 우리가 보고 있는 저택에 살고 있었고, 아빠 역시 결혼식을 치른 뒤 그 저택으로 들어갔다. 아일리네 집 여자들은 모두 교양 수준이 높은 반면, 아빠는 식사 예절조차 제대로 몰랐다. 아빠는 여자들은 모든 것을 아는데 자기만 아무것도 모르는 것 같은 느낌이 들었다. 그들은 돈도 있었다. 아일리네 집 여자들은 아빠가 가지지 못한 모든 것을 가지고 있었다. 아빠는 아일리네 집 여자들이 자신을 멍청한 아이 대하듯 하며 끊임없이 가르치려 드는 것을 참을 수 없었다. 그래서 도망쳤고, 엄마를 만났다.

부끄럽고 흥분한 탓에 아빠는 조리 있게 말하지 못했다.

내가 물었다.

"오빠는요?"

아빠가 대답했다.

"페카도 저 집에 산단다."

"드디어 오빠를 보겠군요."

나는 그렇게 말한 뒤 아빠에게 겸연쩍은 미소를 던졌다.

"그래, 더는 미루지 말아야지. 하지만 우선은 나 혼자 가 봐야 할 것 같다."

"알아요. 이해해요."

나는 신발 뒤축을 땅에 디디고 반대쪽으로 돌아섰다. 나는 아빠가 혼자 가야 한다는 것을 이해했다. 하지만 아빠가 지금껏 단 한 번도 아들을 찾지 않은 것과 우리한테 단 한 번도 페카 오빠에 대한 이야기를 하지 않은 것은 이해할 수가 없었다.

힐마 고모네 집에 돌아온 아빠는 얼굴이 창백했다. 나는 아빠에게 어땠냐고 묻지 않았다. 아빠도 딱 한 마디만 했을 뿐 더 이상은 말이 없었다.

"내일 집으로 가도록 하자."

편지

힐마 고모는 오전 내내 엄마와 할머니 그리고 아이들에게 줄 선물을 샀다. 고모는 나더러 엄마에게 줄 그림을 한 장 골라 보라고 했다.

힐마 고모가 물었다.

"엄마가 예술을 이해하니?"

내가 대답했다.

"물론이죠. 엄마 친구 가운데 화가도 있는 걸요!"

그러자 힐마 고모는 내가 고른 그림을 잡아채며 말했다.

"그럼 네 엄마한테는 그냥 과자나 선물하는 게 낫겠다."

내가 외쳤다.

"안 돼요! 그러지 마세요. 전 그 그림이 좋단 말이에요. 그건 왠지 약간 함메르페스트 느낌이 나요."

"함메르페스트? 어떻게 그런 뚱딴지 같은 생각이 들었니? 이건 내 여름 집 그림인데."

"맞아요. 하지만 장미가 가득 피어 있잖아요. 함메르페스트에도 집집마다 장미가 가득 피어 있고요."

힐마 고모가 웃으며 대꾸했다.

"돌아가신 네 할아버지의 함메르페스트 이야기를 속속들이 잘 알고 있구나. 장미라……. 그래, 좋다. 네 엄마가 싫다고 하면 이 그림은 네가 가지려무나. 너한테 이게 함메르페스트라면 말이야. 함메르페스트! 거긴 정말 어떤 꽃이 피는지 한번 보고 싶구나. 모르긴 몰라도 얼음 꽃만 필 테지."

미코가 내게 주머니칼을 선물하며 물었다.

"너도 네 오빠 만났니?"

나는 짧게 대답했다.

"아니."

힐마 고모는 정겹게 작별 인사를 건넸다.

"다음번에는 이렇게 한참 있다 오면 안 돼. 조만간 또 보자, 응?"

"전 꼭 다시 올 거예요. 여긴 제 피붙이들이 사는 곳이니까요."

나는 그렇게 말하며 아빠를 올려다보았다.

"운전 조심하고. 모두에게 인사 전해 줘."

힐마 고모는 눈물을 훔쳤다. 내 눈에서도 눈물이 흘렀다. 이유는 알 수 없었다.

힐마 고모의 집을 떠나 채 50킬로미터도 달리지 않았을 때 아빠는 숲 속 오솔길로 차를 몰아 냉각수를 보충했다. 냉각기가 비었을 리는 없었다.

내가 물었다.

"페카 오빠 만나셨어요?"

"아니! 집에 없더라. 그 애 엄마도 집에 없고. 다들 친척 집에 갔대. 아일리의 여동생 한 명만 집에 있었어. 그렇게 오랜만인데도 날 보더니 별로 좋아하지 않더라. 내 생각에 페카도 좋아하지 않았을 것 같아. 이제 다 컸을 텐데 아버지란 사람이랑 뭘 하겠니. 너무 늦었어."

내가 대꾸했다.

"그렇지 않아요! 아빠를 만나면 분명히 기뻐했을 거예요. 게다가 형제들도 갑자기 많이 생겼잖아요. 페카 오빠한테 다른 형제가 있어요?"

"아니, 없다."

"불쌍해요."

우리가 마당으로 들어섰을 때 차 앞쪽에서 연기가 피어오

르기 시작했다. 아빠가 브레이크를 밟자 배기관 끝 부분이
바닥으로 굴러 떨어졌다.

"우리 자동차를 증기 기관차로 만들어 버리셨어요?"

마티 오빠가 반갑게 인사하며 보닛을 열어젖혔다.

엄마와 형제들이 집 밖으로 뛰쳐나왔다. 나는 모두를 껴안
으며 집으로 돌아온 것을 기뻐했다.

할머니는 벌써 커피 주전자를 화덕에 앉히고 식탁을 차렸
다.

"얼굴색이 아주 좋아졌구나. 뼈에 살점도 좀 붙고!"

"하지만 크래커 빵 덕분은 아니에요. 왕처럼 대접을 잘 받
은 덕분이지요."

"함메르페스트에서 너희를 기다리는 사람이 있는 줄은 몰
랐는데?"

"함메르페스트에서가 아니라 친척 집에서 대접받았어요.
함메르페스트까지는 가지도 못했어요."

할머니가 말했다.

"그건 중요한 게 아니다. 중요한 건 아무 탈 없이 잘 지내
다 왔다는 거지. 너희, 카야니에도 갔었니?"

"네!"

"마음에 들디?"

내가 대꾸했다.

"거기 오빠가 있다는 말을 누가 미리 해 줬더라면 더 좋았을 거예요."

할머니가 말했다.

"이제 너도 알았잖니?"

나는 갑자기 화가 났다.

"제가 아빠라면 정말 양심에 찔릴 것 같아요. 페카 오빠한테 말이에요."

할머니가 말했다.

"너 그렇게 집게손가락 까딱거릴 거 없다. 양심에 찔리고 자시고 할 형편이 안 될 때도 있는 거야. 네 아빠 너희들 먹여 살리느라 정신이 없었으니까. 아빠는 엄마랑 너희들을 선택한 거라고!"

내가 흥분해서 대꾸했다.

"자기 아들인데 적어도 찾아가 볼 수는 있었잖아요! 할머니는 늘 아빠 편만 드세요."

"네 아빠는 편드는 사람 같은 거 필요 없다. 그리고 아빠도 완벽하지는 않아. 사람은 누구나 실수를 할 수 있는 법이니까. 그나저나 네 오빠 만났니?"

"아니요. 집에 없었어요. 친척 집에 갔대요."

"친척 집이야 너희도 갔었잖니? 그 친척이 그 친척이 아니라서 그렇지."

할머니는 껄껄 웃으면서 말을 이었다.

"커피 다 끓었다. 밥 먹게 다들 불러라. 먼 여행 뒤라 분명히 배도 고프고 목도 마를 테지."

나는 식구들에게 토르니오와 카야니에 갔던 이야기를 들려주었다. 하지만 아일리와 페카 오빠에 대해서는 한마디도 하지 않았다.

나중에 내가 엄마한테 그 이야기를 꺼내자 엄마는 이렇게 말했다.

"아빠가 페카한테 편지를 쓸 거야. 이제 그러실 수 있을 것 같아. 한번 기다려 보자."

아빠는 내게 더 이상 페카 오빠 이야기를 하지 않았다. 나는 아빠한테 편지를 썼냐고 몇 번이나 묻고 싶었지만 참았다. 그리고 기다렸다.

내가 비르기트에게 오빠가 새로 생겼다는 이야기를 하자 비르기트가 이렇게 말했다.

"하여튼 세상은 불공평해. 꼭 벌써 있는 게 또 생긴다니까. 오빠라니! 너한텐 언니가 훨씬 나았을 텐데. 안 그래?"

내가 대꾸했다.

"나한테 네가 있잖아!"

비르기트가 겸손 아닌 겸손을 떨었다.

"나야 불과 몇 달 위인걸, 뭐. 물론 너보다 훨씬 더 성숙하긴 하지만 말이야."

내가 물었다.

"당나귀 귀 헤르베르트는 잘 있니?"

"우리 이젠 편지 안 써."

"걔가 더 이상 편지를 안 쓴단 말이겠지."

"그렇게 말하고 싶지는 않아. 내가 헤르베르트한테 정열적인 편지를 세 통 보낸 건 사실이야. 그런데 답이 없기에, 내가 써 보낸 말들이 걔한텐 좀 벅찼나 보구나 하고 관뒀어. 뭐, 나역시 독일어로 할 수 있는 말은 그 세 통에 쓴 게 다였고!"

나는 웃음을 터뜨렸다.

가족과 친구들이 있는 익숙한 생활 속으로 돌아온 것이다.

페르 에릭한테는 새 여자 친구가, 나한테는 편지를 주고받는 독일 친구가 생겼다. 볼프강은 내게 편지를 썼고, 우리의 추억이 담긴 사진 몇 장과 혼자 함메르페스트에 가서 찍은 사진 몇 장을 보내왔다. 볼프강은 우리 때문에 일부러 함메르페스트에 들렀다며, 하지만 노르웨이의 다른 도시들이 훨씬 더 예쁜데 우리가 왜 꼭 함메르페스트에 가려고 했는지 그 이유를 잘 모르겠다고 적었다.

가장 멋진 사진은 볼프강의 독사진이었다. 나는 그것을 사진첩에 붙인 뒤 그 밑에 이렇게 적었다.

'볼프강. 독일 친구. 함메르페스트로 가는 길에 만나다.'

나는 한 달 동안 할 수 있는 일거리를 찾았다. 신문 배달이었다. 다행히 아침 일찍 날이 밝았고, 새들이 노래를 부르며 길동무가 되어 주었다.

마티 오빠한테 꾼 돈을 갚자 내 스스로 신뢰 있고 양심적인 사람이라는 느낌이 들었다.

그러고 나서 개학을 했고, 날이 다시 저녁 일찍 저물기 시작했다. 나는 책을 많이 읽었다. 나와 아빠 사이에 이상한 긴장감만 감돌지 않았다면 모든 게 평화로웠을 거다. 나는 아빠가 뭔가 하기를 바랐다.

물론 아빠는 뭔가를 했다. 공장에 가고, 집안일을 하고, 식탁의 단조로움을 피하기 위해 낚시나 오리 사냥을 다녔다. 하지만 내가 바라는 일은 다른 일이었고, 아빠는 그 일만큼은 계속 미루었다.

나는 힐마 고모에게 편지를 썼다. 그리고 편지 안에 페카 오빠에게 보내는 편지를 함께 넣었다. 나는 먼저 내가 오빠의 이복동생이라고 소개했다. 그리고 나머지 이복동생들의 이름과 나이를 죽 적었다. 할머니와 엄마에 대한 이야기도 했다.

하지만 편지의 대부분은 아빠에 대한 이야기였다. 우리를 먹여 살리기 위해 아빠가 얼마나 힘들게 일하는지, 늘 얼마나 바쁜지, 그러나 그럼에도 불구하고 얼마나 자상한 아빠인지를. 나는 아빠가 페카 오빠에게 편지를 보내려고 했지만 적당한 말을 찾아내지 못했다는 말도 했다.

며칠 뒤 답장이 왔다.

페카 오빠는 자신의 고등학교 졸업 사진을 같이 보냈다. 오빠는 아빠와 닮은 데가 많았다. 오빠는 내 편지를 받고 기뻤다고 했다. 자기는 지금 대학생이며 앞으로 선생님이 될 거라고 했다. 여자 친구는 아직 없지만, 라플란드로 자주 등산을 함께 다니는 친한 친구는 있다고 했다. 오빠는 외국에 많이 나가 봤는데, 내년 여름에는 아시아를 여행할 계획이며 여행을 즐긴다는 말도 썼다. 자기의, 나의, 우리의 아빠에 대해서는 단 한마디도 없었다. 나는 아빠에게 오빠의 편지를 보여 주지 않았다. 엄마에게도 마찬가지였다. 할머니한테만 오빠의 사진을 보여 주고 편지 이야기를 했다.

할머니가 말했다.

"시간을 좀 주려무나. 언젠가는 제 아빠에 대해 물을 날이 올 거야. 20년 가까이 아비 없이 살았는데 갑자기 서두를 이유가 어디 있겠니? 그건 네 아빠도 마찬가지고."

나는 페카 오빠의 편지에 금세 답장을 보냈다. 오빠한테 편지를 받아 기뻤고, 계속해서 편지를 주고받자고 적었다.

하지만 오빠는 내 두 번째 편지에 답장을 쓰지 않았다. 한 달 뒤, 나 역시 답장 받기를 포기하고 말았다.

볼프강은 일주일마다 편지를 썼고, 가끔씩 독일 대도시의 건물이 나온 사진이나 그림엽서도 보냈다.

볼프강의 편지는 늘 '나의 핀란드 보물에게'로 시작했고, 내 편지는 늘 '나의 함메르페스트 친구에게'로 시작했다. 볼프강은 내 말을 아주 재미있어 했는데 나는 그 이유를 몰랐다. 어느 날 '함메르(망치)'와 '페스트(단단한)'라는 단어를 독일어 사전에서 찾아보라는 볼프강의 편지를 받고서야 내 말을 재미있어 하는 볼프강을 이해할 수 있었다.

나한테는 독일어가 어려웠다. 간단한 말도 잘 표현할 수 없었다.

하지만 우리는 계속해서 편지를 주고받았다. 나는 볼프강의 편지를 다 이해하지 못했지만, 그리고 볼프강도 내 편지를 다 이해하는 것 같지 않았지만, 그럼에도 불구하고 볼프강의 편지를 받으면 기분이 좋았다.

가끔씩 나는 전쟁 중에 불가피하게 함메르페스트 항구에 묶여 있어야 했던 독일 함대들을 떠올렸다. 그때마다 그 일에 대해 아빠한테 물어봐야겠다고 생각했다. 나는 아빠한테 전쟁에 대해서도 좀 더 물어보고 싶었다. 나는 아빠에게 물어보고 싶은 게 너무나 많았다. 그리고 무엇보다도 첫아들을 어떻게 떠날 수 있었냐고 묻고 싶었다. 하지만 나는 아무 질문도 던지지 않았다. 아빠가 거기에 대답할 수 없다는 것을 알고 있었으니까.

나는 알지도 못하는 오빠에 대한 생각을 아주 많이 했다.

페카 2세

어느 11월 저녁, 나는 아빠와 함께 차를 타고 시내로 갔다. 아빠는 체스 경기를 보고 싶어 했고, 나는 구경거리를 찾아 시내를 돌아보고 싶었다. 시내로 가는 도중에 우리는 눈길에 미끄러진 차 한 대를 발견했다. 도로 가장자리에는 눈이 높이 쌓여 있었고, 도로는 군데군데 여간 미끄러운 게 아니었다.

아빠가 말했다.

"혼자서는 빠져나오지 못할 텐데. 내가 좀 도와줘야겠다."

아빠는 차에서 내렸고 나는 어차피 아무 도움도 되지 못할 테니 그냥 차에 앉아 있었다. 아빠는 미끄러져 눈에 빠진 그 차를 우리 차에 묶어 눈 더미에서 끌어내 주었다.

눈길에 미끄러졌던 차가 다시 도로 위로 올라오자 아빠는 만족한 듯한 목소리로 중얼거렸다.

"이 고물 차는 못하는 일이 없다니까!"

상대방 운전자는 우리에게 손을 흔들더니 차를 몰고 사라졌다. 우리는 계속해서 시내를 향해 달렸다.

집으로 돌아와 보니, 우리가 도와줬던 차가 마당에 서 있었다.

나는 곧장 거실로 뛰어 들어갔다.

동생 페카가 소리를 질렀다.

"여기 이 형도 페카래! 페카가 둘이야!"

나는 고등학교 졸업 사진에서 봤던 얼굴을 알아보았다. 내가 쑥스러워하며 손을 내밀었다.

페카 오빠가 말했다.

"또 편지를 쓰느니 그냥 직접 와 보는 게 좋겠다고 생각했어."

페카 오빠 옆에 앉아 있던 엄마가 말했다.

"정말 잘했다."

마티 오빠는 페카 오빠의 다른 쪽 옆에 앉아 있었고, 오스카리와 투오모 그리고 소니아는 페카 오빠의 발치에 앉아 있었다. 나는 외투와 모자를 옷걸이에 걸기 위해 다시 거실을 빠져나왔다.

나는 부엌에 가서 할머니한테 귀엣말을 했다.

"몇 시간 전에 오빠를 길에서 만났더랬어요. 그런데 서로 못 알아봤어요."

"18년 만에 보는 건데 네 아빠가 저 애를 어떻게 알아볼 수 있었겠니? 저 애도 마찬가지고. 하지만 넌 오빠의 사진도 봤는데 못 알아봤어? 거 봐라, 사진은 아무짝에도 쓸모가 없다니까."

할머니는 몰래 찍히면 모를까 절대 사진을 찍지 않았다. 페카 오빠가 누구인지는 엄마가 다른 형제들한테 이야기한 모양이었다. 갑자기 어른이 다 된 형제가 한 명 더 생긴 것에 대해 다들 놀라기는커녕 아주 당연한 일로 받아들이는 것 같았다.

페카 오빠의 방문에 가장 놀란 사람은 아빠였다. 아빠는 아들과 악수를 나누면서도 아무 말도 하지 못했다.

우리는 함께 모여 앉아 카야니 시와 코콜라 시에 대한 이야기를 나눴다. 친척들과 모르는 사람들 이야기도 했다. 잠시 뒤 아빠가 말했다.

"이제 페카랑 잠시 혼자 있고 싶구나. 둘이서 할 얘기가 있어."

엄마는 할머니와 함께 부엌으로 갔고, 나는 소니아를 재우러 들어갔고 오스카리, 투오모, 페카는 자기들 방으로 갔다.

소니아를 재운 뒤 나는 마티 오빠와 함께 안방에 머물렀다.

마티 오빠가 말했다.

"대화가 되기나 하겠어? 아빠야 워낙 말수가 적은 사람이고, 페카 2세도 오늘 저녁 내내 여섯 문장도 말하지 않던데."

"페카 2세? 왜 2세야? 페카 오빠가 먼저 태어났는데!"

마티 오빠가 설명했다.

"하지만 나중에 끼어들었잖아."

내가 극적인 표정을 지으며 외쳤다.

"끼어든 건 우리야. 우리는 사생아들이라고! 우리가 태어났을 때 아빠는 아직 첫 번째 부인이랑 결혼한 상태였단 말이야."

"그래서 뭐? 그런 건 아무래도 좋아. 어쨌거나 불쌍한 건 페카 형이야. 아빠도 없이 여자들 틈바구니에서 자라야 했으니까!"

내가 대꾸했다.

"우리 집은 사내들만 득실거리고."

마티 오빠가 미심쩍은 목소리로 말했다.

"거기다 새로운 사내가 또 한 명 나타났단 말이지! 과연 친해질 수 있을까?"

"당연하지. 우린 형제지간이잖아."

"난 아직 피가 부글거리는 느낌이 안 와. 앞으로 어떻게 될지는 좀 더 사귀어 봐야 알겠어."

페카 오빠는 우리 집에 일주일 동안 머물렀다. 우리는 오빠에게 점차 익숙해졌고, 조금씩 친해져 갔다. 오빠는 말이 아주 적었고 수줍음을 많이 탔다. 외아들인 오빠한테는 대가족이 낯설었다. 하지만 페카 오빠는 특유의 조용한 방식으로 낯선 새 가족과의 만남을, 갑자기 많아진 동생들과의 형제애를 즐겼다.

어린 페카는 오빠를 잠시도 혼자 내버려 두지 않았다. 페카는 자기랑 이름이 똑같은 형이 있다는 사실에 너무나 황홀해 했다.

페카 오빠 역시 어린 페카를 단번에 좋아했다. 당연했다. 누구나 페카의 매력에 빠지지 않고는 배기지 못할 테니까.

어느 날 저녁, 내가 아빠와 페카 오빠와 함께 바리에서 코코아와 케이크를 먹고 있을 때 페르 에릭이 들어왔다. 페르 에릭은 우리 테이블을 지나치며 상냥한 미소로 인사를 건넸다.

"안녕!"

페카 오빠가 물었다.

"남자 친구?"

내가 말했다.

"그냥 축구 선수야."

아빠가 웃음을 터뜨렸다.

"분명히 형편없을 거야. 핀란드 사람은 축구를 할 줄 모르거든."

내가 발끈했다.

"쟤는 스웨덴 출신이에요!"

"네 여동생은 외국 사람을 좋아한단다."

아빠는 그렇게 운을 띄운 뒤, 페카 오빠한테 볼프강 이야기를 들려주기 시작했다.

그러자 페카 오빠는 독일 사람이 핀란드의 왕이 될 뻔했다는 이야기를 꺼냈다. 문제의 인물은 프리드리히 카를 폰 헤센 공으로, 1917년 핀란드가 러시아로부터 독립했을 때 왕으로 뽑혔다가 핀란드가 공화국이 될 것을 결정하는 바람에 다시 해임됐다는 것이다.

아빠가 말했다.

"흠, 핀란드가 군주 국가라······. 핀란드에 왕이라······. 정말 웃겼을 것 같구나. 적어도 그렇게는 안 돼서 다행이다."

페카 오빠가 싱긋 웃더니 말을 이었다.

"마침 그 프리드리히 카를 폰 헤센의 아들, 그러니까 왕세자 이름이 볼프강이라 이 이야기를 꺼낸 거예요."

아빠는 페카 오빠에게 함메르페스트로 가다가 차 때문에 고생했던 이야기며, 그래서 여행을 부득이 포기할 수밖에 없던 이야기를 들려주었다.

페카 오빠는 웃으면서 아빠 이야기에 귀를 기울였다.

아빠 이야기가 끝나고 한참 있다가 페카 오빠가 불쑥 입을 열었다.

"저도 늘 함메르페스트에 한 번 가 볼 계획이었어요. 아직 이루지는 못했지만요."

아빠가 고개를 끄덕였다.

다시 침묵이 흘렀다. 나도 잠자코 있었다.

우리는 아무 말도 하지 않았다. 오랫동안 그렇게 가만히 앉아 있었다.

이윽고 아빠가 입을 열었다.

"그래, 함메르페스트에 가 볼 생각이었단 말이지? 뭐 못할 것도 없지."

우리는 또다시 입을 다물었다.

한참 뒤 이번에는 페카 오빠가 침묵을 깼다.

"제 차는 아직 잘 달려요."

아빠가 대꾸했다.

"그래, 아직 새 차나 다름없더라."

나는 아빠를 바라보며 마음속으로 외쳤다. '지금이에요!

오빠한테 빨리 물어보세요. 같이 함메르페스트에 가지 않겠냐고요! 어서요!'

하지만 아빠는 아무런 질문도 하지 않았다.

침묵이 흘렀다.

한참 뒤 아빠의 목소리가 들렸다.

"이제 그만 집에 가 볼까……."

집으로 가는 길에 두 사람은 페카 오빠가 계획하고 있는 아시아 여행에 대한 이야기를 나누었다.

페카 오빠가 카야니로 돌아가던 날, 우리는 오빠를 여러 번 꼭 껴안아 주었다. 우리가 형제지간이라는 사실을 오빠가 느낄 수 있도록.

나는 프리드리히 카를 폰 헤센이라는 사람이 왕이 되려고 42년 전 핀란드로 왔는데 그 사람의 아들, 즉 왕세자 이름이 볼프강이었다는 이야기를 편지에 써서 볼프강에게 보냈다.

볼프강은 한참 뒤에야 답장을 썼다. 크리스마스 즈음에서였다. 편지가 아니라 그저 크리스마스 카드였다. 볼프강은 나와 아빠와 우리 가족 모두에게 기쁜 성탄이 되기를 바란다고 했다. 카드 뒷장에는 추신이 적혀 있었다. '난 독일 공주를 한 명 알게 됐어. 그래서 핀란드 왕위는 유감스럽게도 포

기해야 할 것 같아.'

나는 그 말을 알아들었다.

페르 에릭은 또 다른 여자 친구를 사귀고 있었다. 나는 여전히 열다섯 살이었고, 그 해도 그렇게 끝나 가고 있었다.

예언

12월 31일. 우리는 또다시 납물을 부었다.

아빠가 자기가 부은 납덩이를 물에서 건져 내더니 찬찬히 살펴보지도 않고 대뜸 소리를 질렀다.

"차다!"

마티 오빠가 물었다.

"정말요? 새 차가 생길 건가?"

아빠가 웃음을 터뜨렸다.

"여행수가 생기나 본데!"

동생들이 합창했다.

"피, 엉터리!"

오스카리가 소리쳤다.

"아빠 거짓말! 그건 작년에 벌써 다 나온 거잖아요."

내가 물었다.

"어디로 가실 건데요?"

아빠가 대답했다.

"함메르페스트!"

"페카 오빠가 같이 가자고 했어요?"

"내가 같이 가자고 했다."

우리 집 페카가 물었다.

"왜 다들 함메르페스트에 가고 싶어 해요?"

나는 보지도 못한 할아버지의 말을 인용했다.

"그건 함메르페스트가 지상의 낙원이기 때문이야. 그곳은 여름에는 붉게 빛나고, 겨울에는 맑은 영혼처럼 하얗게 변해. 여름이 오면 집집마다 붉은 덩굴장미가 피고, 세상에서 알을 낳기에 가장 좋은 곳을 찾아 날아온 철새들이 하늘을 수놓는단다."

아빠가 미소를 지으며 내 말을 받았다.

"함메르페스트는 북쪽 끝에 있단다. 하도 끝이라 그 뒤에는 바다밖에 없고 그러고는 세상이 끝난다고 해도 전혀 놀랄 일은 아니야. 어차피 그 이상은 아무도 못 올라가거든."

내가 다시 아빠의 말을 받았다.

"운이 좋으면 일생에 한 번은 함메르페스트에 갈 수 있지."

시계가 밤 12시를 치고 있었다. 새해가 시작된 것이다.

옮긴이의 말

어렸을 때입니다. 한밤중에 대체 무슨 꿈을 꾸었던지, 저는 도둑이 들었다는 확신에 자다말고 벌떡 일어나 다짜고짜 경찰에 전화를 한 적이 있습니다. 물론 저의 소란에 집안 식구들은 다 깼고, 집에는 아무 일도 없다는 것이 곧 확인됐지요. 저는 안심을 했지만, 얼마 안 가 더 큰 문제가 생겼습니다. 경찰에 다시 전화를 해 실수였다고 말을 했는데도 경찰이 확인 차 집으로 찾아왔던 거지요. "경찰입니다." 하는 소리에 저는 창피하고, 겁이 나서 얼른 아빠의 등 뒤로 확 숨어버렸습니다. 대문을 열고 나가 여차저차 경위를 설명하고, 미안하다는 말과 함께 경찰을 돌려보내는 아빠의 모습을 현관 뒤에 숨어 엿보며 저는 다시 한 번 아빠의 커다란 보호막을 느꼈습니다. 다시 한 번 아빠가 슈퍼맨처럼 완벽하게 느껴지는 순간이었지요.

우리는 크면서 아버지란 존재에 대해 참 여러 가지 감정의 단계를 거치는 듯 합니다. 아빠, 아빠 하고 철없이 안기던 때에는 아빠란 존재가 무한히 크고 완벽하게 느껴지다가, 여드름이 한두 개씩 돋고, 텔레비전에 나오는 가수 오빠가 아빠보다 좋은 사춘기에는 아빠란 사람이 공감대를 형성할 수 없는 고리타분한 존재로 변해 버립니다. 그러다 더 나이를 먹으면 아빠가 어느 순간 아버지가 되면서 명치 끝이 아린 애틋함이 느껴지지요.

마르야레나 렘브케는 이 책에서 바로 그것, 성장기의 소녀가 아빠를 아버지로 받아들이게 되는 과정을 그렸습니다. 아빠는 내가 태어났을 때부터 늘 키도 크고, 힘도 세고, 큰일에도 척척 결정을 내리고, 가족을 먹여 살리고 이끌어가는 당당하고 용감한 모습이었기에 우리는 당신들도 사실은 두려움을 느끼는 인간이라는 점을 쉽게 잊습니다. 우리가 잘못을 저질렀을 때 그 사실을 부모에게 털어 놓기 두려워 머뭇거리고 몇 번을 망설여야 하는 심정과 똑같은 건데 말이에요. 다만 아버지들은 그들에게 씌워진 완벽한 가장이라는 멍에 때문에 자신의 떳떳치 못한 과거나 실수들에 대해서 자식들에게 말하기가 더 힘들 겁니다. 자식에게 실망을 안길까 봐 두려운 거지요.

레나와 레나의 아빠도 그랬습니다. 레나의 아빠는 성장의 몸살을 앓고 있던 레나를 데리고 자신이 늘 마음의 희망으로 품고 살아가던 함메르페스트로 여행을 떠납니다. 여름에는 집집마다 붉은 장미가 피는 곳, 바다 내음만이 가득한 곳, 하늘이 철새들로 수놓이는 곳, 그런 낙원의 아우라가 레나의 아빠에게 두려운 고백에 앞서 필요했는지도 모르겠습니다.

레나는 이번 여행을 통해 평소에는 몰랐던 아빠의 모습을 보았습니다. 가난에 굶주렸던 어린 시절, 전쟁에 대한 쓰라린 기억, 첫 번째 결혼에서 얻은 첫아들에 대한 이야기. 특히 레나를 놀라게 한 것은, 아빠가 자신의 행복을 위해 첫아들 곁을 비정하게 떠나 버렸다는 사실이죠. 하지만 레나는 아빠에게 실망하지 않습니다. 오히려 아빠를 위로하고 격려하는 어엿한 어른의 모습을 보여 줍니다.

이제 레나의 아빠도 어깨의 힘을 빼고, 레나를 보호해야 하는 딸로서만이 아니라, 함께 의논하고 의지하는 존재로서 듬직해 할 수 있을 테지요.

김영진